偵探已經，死了。

偵探已經，死了。

detective
偵探已經，死了。
二語十
[ill]
うみぼうず
La detective
está muerta.
4

Contents

繪圖●うみぼうず

【續・序章】

「直升機來囉！」

在沿海的道路上，橙黃色的太陽逐步升起。

發現盤旋空中的機體後，夏露這麼大聲喊道，並回頭望向我們。

「太好了，幸好來得及……」

身旁的齋川這時大大鬆了口氣，當場坐了下來。

「夏凪，幫我一個忙！」

「知道了……一、二、三！」

我跟夏凪以喊聲為信號，小心翼翼抬起一位負傷的少女，移動到開闊的場所，以便讓少女搭上送醫的直升機。

「——我不是已經說過了，難道你們是笨蛋嗎？」

但傷者本人卻在我跟夏凪搬運時翻起白眼喃喃說道。

「你們擔心過頭了，我不過是個**機器人**啊。」

如此向我們隨口抱怨的人，是那位生著銀白色秀髮的名偵探——不，應該說是以名偵探肉身為基礎，搭載了人工智慧所新誕生的《希耶絲塔》。

然而這個《希耶絲塔》，因先前的戰鬥導致人工心臟嚴重破損。為了盡速修理，我們只好透過目前正上了手銬的紅髮女刑警聯繫，尋求將《希耶絲塔》送往特殊設施的手段。

「妳的心臟開了個大洞，還是乖乖讓別人照顧妳吧。」

「話雖如此，被君彥像這樣緊貼著身體，還是會讓人起雞皮疙瘩耶。」

「啊——！看妳好像很有精神的樣子那真是太好了！」

竟然一臉正經地狠狠吐槽我，真是的，不知道是跟哪個偵探學的。

我跟夏凪以眼神彼此示意，接著輕輕將《希耶絲塔》放到地上，剩下的就是等直升機降落了。

「君彥，這個拿去。」

霎時，頭靠在夏凪膝上的《希耶絲塔》喚了聲我的名字，接著從衣服底下取出某樣東西，塞進蹲在她身邊的我那件外套胸前口袋裡。

「《希耶絲塔》？」

我用手按了按左胸口袋，感受到堅硬的觸感。這玩意究竟是——

「是希耶絲塔大人的。」

這時，《希耶絲塔》臉上綻放出怎麼看都不像是機器人的溫柔微笑。

「她吩咐當你們四人完成課題時，就要把這個東西交給你。如今君彥該知道的所有情報，好像都裝在那裡面吧。」

她輕輕伸出手，手掌按住我的左胸口。

「……原來如此。到此為止的部分，就是妳被交付的工作嗎？」

「是的。而且直到目前為止，都在希耶絲塔大人所預想的發展之內。」

沒錯，到目前為止。在這以前，我們所走的都是希耶絲塔事先描繪的路線。她犧牲自己封印了強大的敵人，然後又用把課題遺留給我們的形式，讓我們能透過解決問題繼續向前邁進。

啊啊，老實說真是了不起的安排。

她在事件發生之前就做好了解決事件的準備，要說這很像她的處事風格也沒錯……不過，既然如此——

「那，之後該怎麼做就是我們的自由囉？」

真抱歉啊，我已經受夠被希耶絲塔玩弄於股掌之間的感覺了。

「剛才君塚的表情，感覺超級邪惡的。」

把膝頭借給《希耶絲塔》靠的夏凪，聽了我的話微微浮現苦笑。

「我印象中妳也是共犯才對吧？」

「……唔，好吧我無法否定就是了。」

夏凪不由得別開臉，她的臉龐側面還殘留著先前的淚痕。

「《希耶絲塔》小姐……」

「再稍微忍耐一下吧。」

沒多久齋川跟夏露也走來這邊，在《希耶絲塔》身旁蹲了下來。

「是的，只要經過修理總有一天會回來大家這裡。不過比起那個。」

對以擔憂表情窺伺自己的她們，《希耶絲塔》目不轉睛地筆直凝視著。

「希耶絲塔大人的事，就拜託大家了。」

對於我們的那個誓言，她也加入了自己的心願。

即便就某個意義來說，這算是違背了主人當初的安排。

「是啊，包在我們身上。總有一天一定會……」

「我們一定會讓希耶絲塔復活的。」

夏露接續我講的話，強而有力地宣示。

「好，麻煩你們了。」

《希耶絲塔》聽了，這才露出好像完全安心的柔和微笑。

再強調一遍。

偵探已經，死了。

不過，我絕對不承認這樣的結局。

超越偵探的遺志，顛覆她所描繪的未來，這才是這個故事絢爛奪目的內容。

【第一章】

◆不要輕信小妮子的話

從那個立下誓言的早晨，又過了大約半天。

「事情就是這樣，臭小鬼，你要被處以兩萬年的刑期。」

嘴裡叼著雪茄菸，模樣如凶神惡煞的紅髮女刑警逼近我的臉。

這個女魔鬼名叫加瀨風靡。

我被她叫出來，來到這位於高層住宅大廈的頂樓房間……

「……真不講理啊，我不記得自己犯了什麼法。」

自己究竟是因為什麼罪才要受對方的斥責？被她逼迫到能欣賞夜景的巨大窗邊，我就像一隻阻擋在獅子面前的高傲博美犬般狂吠著。

「你不記得？哈，別笑掉人大牙了。」

跟她這番話剛好相反，她臉上毫無半點笑意。

「很遺憾，君塚君彥，你騎機車超速，多次違反槍砲彈藥刀械管制條例，另外還有施暴、傷害，以及涉嫌妨害公務。」

她惡狠狠地瞪著我，並用手指著自己的右臉頰。

昨晚，我跟風靡小姐因某個理由對立，發生激烈打鬥。當時我把她揍飛出去……雖然已經過了一段時間，但她的臉頰依然有些紅腫。

「話雖如此，我也被妳修理得很慘啊。」

「可是你看起來卻一副好端端的樣子？」

嗯，這麼說的確沒錯。或許是我的**那種體質**導致我的身體非常耐打吧。當初還很擔心自己的肋骨是不是斷了，但看來也平安無事的樣子。

「既然如此，你就帶著這一堆罪名的豐盛套餐進監獄待一輩子吧。」

「先等一下，我要找律師！我至少有這個權利吧！」

我拚死環顧四周。沒錯，事實上今晚被找來這個房間的並不只有我一人，應該還有其他三位可信賴的同伴才對。

「喂，夏凪！妳也該幫我辯駁一下……」

「哇！好大的浴室！這是按摩浴缸吧！」

這時，不知為何從遠處……具體來說是浴室的方向，傳來了亢奮的談笑聲。

「渚，妳得先把身體洗乾淨啊。」

甚至她已經進去泡澡了，而且還是跟夏露兩人一塊。

這是騙人的吧，當助手陷入危機時偵探竟然不加緊趕來？對喔，一年前就有一位這種偵探。

「真是的，沒辦法了。」

幸好，天無絕人之路，一位少女向我伸出援手。

「加瀨小姐，可以拜託妳原諒君塚先生嗎？」

少女就是那位超級偶像——齋川唯。

雖然她平常不時會對我擺出輕蔑的態度，但實際上精神年齡最成熟的她，唯獨此刻似乎願意站在我這邊。獨自坐在桌旁的齋川，啜飲一口馬克杯中的牛奶並這麼說道。

「昨晚君塚先生或許的確是把加瀨小姐打飛出去，但那也是莫可奈何的事——一切都是為了愛。」

「愛？」

我跟風靡小姐不約而同，都狐疑地歪著腦袋。

「沒錯，為了愛！」

這時，齋川「砰」一聲猛拍桌子後站起身。

「對君塚先生而言，希耶絲塔小姐是無法取代的存在。因此如果是為了希耶絲塔小姐，不論是警官或其他《調律者》他都會不顧一切以暴力相向。畢竟君塚先生是深愛希耶絲塔小姐的……打從心底愛著對方！」

「看我○了妳！」

「呀啊！君塚先生好可怕！」

只有這個小妮子不論如何都必須斬草除根才行。我打心底發誓，就算齋川逃到地獄深處我也要一路追殺她。

「喂別在人家家裡玩躲貓貓好嗎，把我當成單純的吐槽角色喔？」

「把你們幾個叫來不是為了別的，而是要警告。」

剛才恐怕是把嚴肅跟搞笑的順序弄反了，但這就是我們平時的日常表現，所以不算什麼大不了的問題。

我們四人重新在桌邊坐好，聆聽位於主位的風靡小姐說明。

「夏凪渚、齋川唯、夏洛特・有坂・安德森，還有君塚君彥——你們打算違背《調律者》的安排，以其他方法打倒席德，真的是這樣嗎？」

她以銳利的視線一一掃過我們每個人。

「那正是我們的想法。」

回答的人是夏凪。她毫不畏懼，筆直地凝視著風靡小姐。

「我們不想讓任何一人被殺，也不願任何一人犧牲。我們要大家一起笑，大家一起拿下最後的勝利。只有這樣才是我們的目標，也是我們的勝利條件。」

沒錯，為了實現這個心願，我們的冒險奇譚（prologue）從那一夜就正式展開了。

「……哼。」

但風靡小姐卻好像很不滿地嗤之以鼻。

我們當下的敵人是《ＳＰＥＳ》，此外就是其首腦席德。據說席德尚未完全適應地球的環境，所以需要尋求可以讓他寄生的人類容器。至於這個容器的第一候補人選，正是擁有《種》的力量卻沒有產生副作用的人物——齋川唯。

風靡小姐是與世界之敵對抗的《調律者》之一，她企圖與部下夏露攜手破壞席德想要的容器——也就是將齋川殺死，透過這種方式便能間接打倒席德。然而我得知這項計畫後，和夏凪一起，再加上中途改變心意的夏露，對風靡小姐掀起戰火。

「十天。」

這時風靡小姐環顧我們四人後這麼說道。

「給你們十天的緩衝期。在這當中，你們要充分證明你們確實能打倒席德。這算是我賜給你們的最後一點善意包容。」

「如果我們做不到呢？」

「那我這次一定會殺死那個小妹妹。」

她這麼告知並冰冷地俯瞰齋川。

「君塚先生，好可怕。」

坐在我身邊的齋川，緊抓住我的衣袖。看來就算是膽大包天的她，也一樣會被《暗殺者》的強烈殺氣所震懾。

「是啊，不過放心吧，我們會好好守護妳的。」

「果然，她是在嫉妒又可愛又年輕的我吧。」

「齋川，拜託別再說那種會讓人不想保護妳的話。」

「加瀨小姐雖然一眨眼就要三十歲了，但只要每天好好保養肌膚，盡量減少生活中的壓力，就可以挽回流失的青春唷！沒問題的，現在放棄還太早了！」

「齋川！」

我要收回之前的話。

看風靡小姐的太陽穴都快被青筋撐爆了，我趕忙摀住齋川的嘴。

「可是僅憑我們四人找出打倒席德的方法……」

這時，就像是想把氣氛修正回嚴肅的軌道般，夏露以指尖抵著下顎說道。

就現狀，我們對《ＳＰＥＳ》的首腦席德幾乎是一無所知。只知道他是來自宇宙、宛如某種植物的存在，且能誕生下具備特殊能力的《人造人（Clone）》。事實上這就是我們所掌握的全部情報了——不過。

「既然如此，詢問知道詳情的人最快了。」

我提醒大家，還有一位已經不存在於人世的可能諮詢對象。

「就是希耶絲塔。」

夏露彷彿完全出乎意料般瞪大雙眼，相反地，風靡小姐則像是想要看穿我的意圖似的，瞇起了眼睛。

「那傢伙總是會在事件發生前，就設想好解決事件的手段。因此關於打倒席德的準備工作，那傢伙一定早就在著手推動了才對。」

舉例來說吧，好比名偵探的遺產——約莫十天前，夏露還跑到那艘郵輪上尋找，結果所謂的遺產其實就是我們自己。然而就像這樣，希耶絲塔為了打倒《ＳＰＥＳ》一定會事先留下各種蛛絲馬跡。因此，向來準備萬全的那傢伙，會不負責任地不給我們任何一點提示就要我們去打倒《ＳＰＥＳ》跟席德，這種事根本難以想像。

「那麼，意思就是大小姐還在其他地方留下類似遺產的東西囉？」

夏露愕然地說著：「並沒有收到這種情報……」

既然夏露毫無線索，身為唯一一個長時間待在那傢伙身邊的人，會不會有什麼提示是只有我才能發現的？例如，當初她曾說要尋找什麼傳說的祕寶，而把我帶去新加坡和夏威夷。

或者是距離現在更近的事，對我而言也是個十分熟悉的地點。與《SPES》最高幹部的海拉遭遇，且直到最終決戰前夕我們所居住的那個國家——英國。和希耶絲塔回憶最濃最深的那個場所，會不會有什麼線索……

「——啊啊，所以說那個玩意就是……」

我想起那個被塞進左胸口袋的**某樣東西**。

「以前，我跟希耶絲塔住在倫敦的時候，有一回，我看見那傢伙慌忙將什麼玩意藏進了抽屜裡。」

那個抽屜有鎖，而且連我的開鎖技術也打不開。不過對當初急於想知道那東西是什麼的我，希耶絲塔是這麼回答的。

『——看你哪天能把鑰匙從我這搶走囉。』

說完她露出挑釁的笑容，還用指尖夾著她《七種道具》之一的萬能鑰匙對我晃了晃。

「然後今天早上，《希耶絲塔》將這把鑰匙交給了我。」

我從口袋取出那把小鑰匙，展示在風靡小姐她們面前。

這是在昨夜那場戰鬥後，《希耶絲塔》即將搭直升機去治療前，親手塞到我身上的玩意。正如夏凪繼承了那把滑膛槍般，我也透過《希耶絲塔》繼承了偵探的《七種道具》。

就現狀而言，已成功解決課題的我，接著就該去完成希耶絲塔討伐《SPES》的期望了。因此在這個時間點，鑰匙交到了我手上，就代表打倒《SPES》……或者說席德的遺產，可能就沉睡在某處——希耶絲塔想傳達的應該就是這個意思吧。

「你這傢伙，倫敦的那間房子還保持原狀喔？」

這時風靡小姐好像很詫異地問。

「嗯，是啊。每個月還是要繳房租，害我一直缺錢。」

「啊？那為什麼不退租？」

「……呃，那是因為。」

「加瀨小姐，請不要再追問下去了！」

這時不知為何，齋川插入了我們的對話。

「君塚先生他，是不想失去跟希耶絲塔小姐的愛巢呀！」

「吵死了！齋川，妳這回合裝傻太過頭了！」

「我又不是在裝傻搞笑……」至於齋川這樣的念念有詞，我直接無視。

「總之因為這樣，我打算明天出發去倫敦。」

我決定去追溯希耶絲塔的足跡。

我相信那裡一定有打倒席德……或是能更瞭解席德的線索在沉睡著。

「那，我也要去。」

這麼表示的人，是坐在我正對面的夏凪。

「嗯，畢竟照顧助手也是偵探的職責嘛。」

「……是啊，那真是幫了我一個大忙。」

對於口氣好像很無奈，但卻偷偷對我眨眼暗示的夏凪，我只能邊苦笑邊假意發出求助。

「既然如此，那件事你們兩個去就行了。至於剩下的兩人——夏洛特跟齋川唯，妳們必須學習與席德戰鬥的技巧。」

風靡小姐分別對夏露跟齋川看了一眼。

跟席德對抗的技巧……這麼說來，最近這幾天，夏凪跟我，各自獲得了海拉和變色龍的能力。看來風靡小姐，是想將跟席德戰鬥所不可或缺的能力，正式傳授給夏露和齋川了。

「首先是關於夏洛特，**有件工作想交給妳做**。」

說到這，風靡小姐意味深長地掀起嘴角。

「正、正如我所願喔？」

接著夏露不知為何用起了疑問句回答，還微妙地眼角泛出淚光望向我。

……儘管我已經看出端倪，但一點忙也幫不上，原諒我吧。

「那麼問題就只剩下齋川唯了。」

就在風靡小姐將目光焦點移到齋川身上時。

「交給我吧。」

霎時，背後的玻璃窗發出巨大的破裂聲。

自暗夜當中，有個傢伙踏進了這個房間。

「蝙蝠？」

一名身著西裝的金髮男子，咧嘴露出笑容佇立於大家面前。

◆共同作戰準備，完畢

「你這傢伙，竟還有臉出現在我面前。」

風靡小姐起身拔出手槍，將槍口對準蝙蝠。

「哈哈，我一直期待審訊犯人的過程能公開透明化啊。」

相對地，蝙蝠身為闖入者，卻以如此輕鬆寫意的態度回嘴道，接著還一屁股坐到沙發上。前陣子，他突破了風靡小姐方面的監視，藉由《吸血鬼》史卡雷特的協助越獄。

「你忘了我當初讓你假釋的理由嗎？」

風靡小姐目光銳利地瞪著蝙蝠。這麼說來，在之前的藍寶石左眼事件中，記得這兩人之間做過交易啊。

「我是要你去負責監視齋川唯，你這個叛徒。」

……是喔，原來這才是風靡小姐的盤算。然而蝙蝠他，卻違背了風靡小姐想殺死席德容器候選人的意圖，反過來站在齋川這邊。事件的經過，正如當初在電視臺屋頂上所發生的。

「什麼嘛，我這不就來當你們的同伴了嗎？」

蝙蝠對朝向自己的槍口面不改色。

「由我負責照顧這個藍寶石女孩。」

他望向齋川，如此重新提議道。

「照顧，我？」

另一方面齋川則愕然地歪著腦袋。

「蝙蝠，你還沒有放棄嗎？」

這件事的交涉，應該在前陣子就破局了才對。

「哈哈，真要說起我跟你們的目的是一樣的。況且那個凶惡的女刑警現在也變成你們的同伴了吧？如此一來，再加我一個又何妨呢。」

他應該是用那對**自豪的耳朵**從遠處偷聽我們的作戰會議吧。跟席德因某事而決裂的蝙蝠，似乎很想加入討伐《ＳＰＥＳ》的陣營。

「你有什麼能耐？」

風靡小姐暫時收起槍對蝙蝠這麼問道。

「**讓左眼覺醒**。」

坐在沙發上的蝙蝠，這時瞇起混濁的雙眼這麼答道。

「跟藍寶石女孩一樣，既身為人類體內又含有《種》的我，能讓她左眼的能力再提升一個階段。」

對喔，這麼說來，蝙蝠也是一個體內有席德之《種》寄生的普通人。跟透過手術將《種》埋入左眼的齋川，可說是境遇相似。

「如何？藍寶石女孩。就算妳對報仇沒興趣，難道就不想為了同伴而戰鬥？」

蝙蝠像這樣提出了談判的誘因。那一夜，齋川得知自己的雙親是被《ＳＰＥＳ》殺害，但卻沒有選擇復仇。然而對如今的齋川來說，同伴是比什麼都更重要的事物，這點蝙蝠是很清楚的。

「我明白了！那麼就拜託蝙蝠先生吧！」

接受這個條件的齋川，二話不說點頭同意。

「這樣真的好嗎？」

即便覺悟到會被人嘲笑過度保護對方，我還是忍不住問齋川。

「是的，當然了。我也不能老是要別人保護……我希望自己能變強到足以守護君塚先生你們的程度。」

齋川浮現笑容，對我們比出一個勝利的手勢。

「──唯，謝謝妳。」

下一瞬間，夏露便站起身從後頭抱住齋川。

原本在《暗殺者》加瀨風靡的指示下，夏洛特曾必須殺害齋川，但看來這兩人現在已完全和解了。

「夏露小姐……」

「唯……」

「妳能幫我揉腳嗎？」

「啊，好的。」

……更正。看來夏露在齋川面前很難再抬起頭了。

「總之，這下大致上的方針定出來了吧？」

我將身體靠向椅背，深深吐了口氣。

「是呀，由我們前往倫敦，尋找希耶絲塔理應留存的打倒席德線索。至於小唯跟夏露，就留下來磨練打倒席德的戰力。」

接著夏凪也像是附和我一般，道出今後的打算。

「──姑且先問一下，華生，你真的認為自己該做的是這個嗎？」

然而，這時有個低沉的聲音要求我成形的思路先暫停一下。

隨後那傢伙好像很享受地吐了一口煙這麼說道。

「呃，其實也沒什麼啦，只是記得今天一大早，好像有個傢伙大叫著要讓心愛的女人復活，就像什麼電影男主角一樣。我還以為你是為了這個而採取行動的。」

「喂，怎麼連你也跑到了捉弄我的那方啊！」

我站起身拍桌向蝙蝠提出抗議……但，那傢伙只是一副若無其事的樣子，繼續慵懶地靠著沙發。可惡，那傢伙果然靠那對耳朵，在遠處偷聽了我的全部臺詞啊。

「哈哈，不要誤解。我想說的是，打倒席德真的是你所關心的嗎？你最主要的心願，不是讓那位名偵探復活嗎？」

蝙蝠揚起嘴角對我這麼問道。

……是啊，的確如此。

真要說起來，席德或《SPES》什麼的對我都無所謂。

然而打倒《SPES》是希耶絲塔的遺言，也是她心心念念的事。那傢伙說我們是最後的希望，還將事情託付給我們，我實在無法置之不理。更何況——

「如果將來哪天她復活了，但世界已經毀滅，那不就本末倒置了嗎？」

因此我才得跟《SPES》戰鬥，打倒席德。

事情就是這樣。

「此外，我並不認為復活希耶絲塔這種奇蹟是一朝一夕能實現的。」

復活死者——對這種荒誕無稽的事，我之所以能稍微抱持希望，前陣子所遭遇的那位《吸血鬼》史卡雷特可說是最大的理由。那傢伙是真正的吸血鬼，也具備讓死去人們重新擁有生命的難以置信能力——然而。

「本來還以為你會去拜託那個吸血鬼，但**目睹過那個**以後，你應該還沒蠢到會輕易下那種決斷吧。」

恐怕是腦海跟我浮現了相同的光景吧，蝙蝠的臉色有點難看。

那是在電視臺屋頂上所目擊到的，從地獄復活的變色龍身姿。由吸血鬼所召喚的《不死者》，按規定復活後只會留下生前最強烈的本能，其他一切都喪失了。誰也不會想看到以那種形式復活希耶絲塔吧。因此即便要花很長的時間，我也得摸索出其他的手段。

「……唉，這件事本來應該不能告訴你們的。」

這時，有個人介入了我跟蝙蝠的對話——風靡小姐用力搔搔頭。

「就在你們要動身前往的倫敦，有個**跟我一樣的存在**剛好也在那邊。只要你們把這件事告訴對方，或許事情會有轉機也說不定。」

「對方是《調律者》嗎？」

目前為止我實際遇過的《調律者》有《名偵探》希耶絲塔、《吸血鬼》史卡雷特，以及《暗殺者》加瀨風靡三人。記得之前聽說過他們共有十二人，那麼在倫敦的《調律者》究竟是——

「是《巫女》。」

接著，風靡小姐朝我們扔出一張照片並這麼說道。

「這個少女，知道這個世界的所有未來。」

◆距離地表一萬公尺高空的重演

「Beef or Fish？」

距離地表一萬公尺的高空上。

在五分鐘英語會話之類的教材裡，這樣的句子位列最常出現的第二名（至於第一名則是『Do you play tennis？』）。我回答要吃魚以後，朝坐在鄰座的跟班瞥了一眼。

「夏凪要吃什麼？」

然而她好像沒聽見空服員剛才那個問題，聽力被耳機所占據，眼睛則死盯著座位正前方螢幕所播放的電影。

「很抱歉趁妳因為洋片裡常出現的那種莫名親熱場面而臉紅的時候打斷妳，不過不要無視空服員啊。」

「咿呀！」

我從旁摘掉她的耳機，嚇得夏凪的雙肩用力震了一下。

「嘎……加、加加加加加倍殺死你！」

「菜單沒這項喔。」

於是我連著夏凪的份，重新點了兩道魚。

「……君塚，為什麼你的性格那麼惡劣啊？」

確認空服員離去後，夏凪才忿忿地瞪著我。

怪了，我原本以為她會喜歡那樣才故意扮演一次壞人耶。

「聽好囉，夏凪。聖人三天就會讓妳厭煩，但壞人一輩子都相處不膩的。」

「這種抄襲『美女三天就會厭煩』……的理論是什麼玩意啊。就算不會膩好了，討厭的東西就是討厭，就像我現在已經非常討厭君塚了！」

夏凪好像很無奈地對我翻起白眼。

附帶一提，最讓人不會膩的對象其實是性格惡劣的美女，這件事知道的人應該不多吧。

呃我可沒說那是指誰喔。

「其實我是在含蓄地暗示妳，當好人是最吃虧的。」

「這種教訓最討厭了。」

「還有一件事，夏凪剛才看的那部電影，對男主角死心塌地奉獻的女主角，最後為了幫男的擋子彈而死了。」

「你這樣劇透真是惡劣到極點！」

夏凪抱頭叫苦，最後「唉」地重重嘆了口氣，將螢幕電源關閉。

「……君塚果然最討厭了，跟你一起出門真沒趣。」

說完夏凪用力把頭撇到另一邊。

然而──

「話雖如此，夏凪，我們至少還得坐在一起十小時喔。」

我對正望向窗外的夏凪這麼說道。

沒錯，這裡是距離地表一萬公尺的高空──我跟夏凪，正搭乘前往倫敦的國際航班。由於在前往機場途中，我**不巧被捲入了一點小麻煩**，所以比原定計畫晚了一

個班次，但為了達成目標我們還是得繼續前進。

「我知道啦。我們必須找出希耶絲塔的遺產，然後跟巫女碰面，否則就不能回日本。」

是啊，正如夏凪所言。巫女是《調律者》的一員，也是讓希耶絲塔復活的唯一線索。

我回憶起昨天風靡小姐提供的說明。

「巫女？」

風靡小姐的發言，使我不由得蹙起眉。當我在思考讓希耶絲塔復活的方案時，風靡小姐提出了這麼一號人物。是說，仔細回想的話以前的確曾……

「《希耶絲塔》小姐也有說過吧。」

最先回憶起來的齋川代我表示。

那是發生在數日前，當我們第一次從《希耶絲塔》那聽取《調律者》的說明時。跟《吸血鬼》和《暗殺者》這些職稱一起羅列的，也包括《巫女》的存在。

「是啊，沒錯。其實我並沒有實際見過對方本人，也不知道對方的本名——不過，據說《巫女》具備**預知未來的能力**，可以看透世間萬物。」

風靡小姐邊點菸邊答道。

「預知未來……這真的很有《調律者》的風範啊。」

都已經遭遇過《人造人》跟《吸血鬼》了，對預知未來這種事，我無法再用「怎麼可能嘛」一笑置之。

況且我聽說，《調律者》本來就是為了對抗世界危機而任命的存在。既然如此，有個能預知未來世界危機的《巫女》不是更合理嗎？

「因此，如果名偵探復活的這個未來是存在的，《巫女》或許就能指引出一條通往那個結果的路線（Route）吧。」

「……原來如此，這就是妳要我們去找《巫女》的理由嗎？」

我重新將目光焦點集中在照片的少女上。那看起來好像是在某處偷拍的，畫質有些模糊，不過還是可以辨識出裡面的少女秀髮泛青，五官也像帶有歐美的血統。

如果她真能看透所有未來的可能性，那或許讓希耶絲塔復活的路線也在她的掌握中吧——我指的不是吸血鬼那種復活法，而是引發奇蹟的方式。

「嗯，事情就是這樣。既然你們要去倫敦尋找名偵探的遺產，把跟這傢伙見面加入你們的選項之一應該也無妨。」

這或許能成為名偵探復活的關鍵——風靡小姐淡漠地告知。

看來，我跟夏凪旅行的目的要因此多增加一項了。

「是說跟君塚先生單獨出門旅行，不就走進渚小姐的個人路線了嗎？」

這時齋川促狹地打斷道。

「齋川，別擅自把他人的事當作什麼戀愛模擬遊戲啊。」

「小唯，就算豎起再多旗標，這個男的也沒膽行動……他沒膽啊……」

夏凪，別靜靜地用手捂著胸口搖頭好嗎，也不要浮現那種如詩如畫的美麗微笑。

「隨便妳們怎麼說。對了，齋川，很抱歉要請妳借我前往倫敦的旅費。」

「咦？你認為會有女生願意借錢給男朋友讓他去跟其他女人出去玩嗎？」

這位年紀稚嫩的偶像突然變得恐怖起來。還有，誰是誰的男朋友啊。

「這就叫自作自受吧。昨天才向我求婚的，現在又換成其他女人，真叫人想吐。」

「不要連夏露也說這種會讓人誤會的話好嗎！我幾時向妳求婚了……求婚嗎……對喔，這麼說來好像有。」

仔細回想一下在跟風靡小姐戰鬥的過程中，我一時發瘋做出了類似的發言，當然那並非我的本意。

「哇！這是什麼情況，太猛了吧……我現在，感覺好像快氣炸了，真是了不起耶！」

「夏凪，妳的情緒跟發言內容沒有一絲一毫的關係，這也太恐怖了吧。」

真叫人不快啊。一想到從明天起，我就得跟這種狀態的夏凪獨處就讓人頭皮發麻。

「……所以說，我們該怎樣才能見到那位巫女？」

我試圖言歸正傳，向風靡小姐這麼問道。

「啊——老實說。」

結果她一副「雖然是我提議但很難啟齒」的模樣，很罕見地露出了尷尬的表情這麼告知。

「**據說任何人都無法與巫女見面**。」

啊啊，原來如此。

看來就像奇蹟是無法輕易實現的一樣，我所期盼的故事結局也不可能從天而降。

「——真叫人懷念啊。」

「嗯？」

在飛機座位上，我忍不住冒出這句話，坐在隔壁的夏凪不解地歪著腦袋。

「呃，我是指四年前我也像這樣搭上飛機。」

獨自一人，提著神祕的手提箱。

然而在距離地表一萬公尺的高空上，從我——變成了我們。

「對喔，這就是君塚跟希耶絲塔故事開啟的地方。」

夏凪這麼說道，遠眺著飄浮在窗外的白雲。

「是啊，偶然……不，應該說那是必然會發生的。」

一切都在那傢伙的計畫當中。就這樣，坐在我鄰座的那位偵探，三年來的每一天都帶我去闖蕩眼花撩亂的冒險。

「啊，剛才君塚的眼神，就像想起了前女友。」

「回憶前女友的眼神是怎麼回事啊？住手，別把鏡子拿到我面前。」

就像這樣，可能是我沉浸在過往那天的回憶之故。

下一瞬間，絕對不是我聽錯。

我的雙耳，從到處走動的空服員那聽到這樣的說話聲。

「請問各位乘客當中，有職業是偵探的嗎？」

◆這個世界沒有臨時演員

這番臺詞，讓我的記憶一瞬間跳回了四年前。

不久後，就發現那起事件是由蝙蝠策劃的劫機行動——只是沒想到以那個為契機，我就此展開了被非日常所籠罩的三年旅程。

「容易捲入麻煩的體質竟然會誇張到這種地步……」

萬萬沒料到，我會在同樣的狀況下聽到跟那天一樣的臺詞。

四年前的場面就像這樣在我眼前再度上演，這種讓人沒得選擇的處境令我不禁抱頭叫苦。而就在這時。

「請問各位乘客當中，有職業是偵探的嗎？」

空服員的聲音已經來到很近的地方。

真是的，果然沒法無視──當我這麼想並抬起頭。

「……我記得，妳是。」

「真是好久不見了，先生。那次承蒙您的救助。」

天底下有這麼巧的事嗎？

朝我低頭致意的那位空服員，正是四年前那次劫機事件中，向我跟希耶絲塔求助的同一人。

「當時能平安無事度過危機，都多虧了偵探小姐和助手先生。」

這位看似二十五到三十歲之間的空服員臉上浮現些許苦笑。

「老實說，那天是我第一次服勤。呃，模樣一定很難為情吧……」

她好像滿懷歉意地回憶著當初的情形並這麼說道。

「啊，沒那回事啦。」

這麼說來，我記得當初她因為《人造人（蝙蝠）》登場而露出一副手足無措的樣子。好吧不管是空服員菜鳥或老手，遇到那種事不會恐慌反而比較稀奇吧。

「抱歉還沒自我介紹，我叫奧莉薇亞，很開心能再見到您——君塚先生。」

奧莉薇亞這麼表示並正式自我介紹。

「君塚，你認識她喔？……這位空姐，是你朋友？」

這時第一次見到對方的夏凪露出狐疑之色，而且不知為何她對我投來帶有其他意味的詫異視線。

「與其說朋友，不如說過去曾一起遭遇某個**無妄之災**吧。我們的關係並不是妳胡思亂想的那樣。」

而且為什麼我非得像這樣澄清不可啊，真是一個大問號。

「這麼說來，君塚先生，跟您一道的偵探小姐和上次不是同一位呢。」

「妳也別把話題引到奇怪的方向啊！」

「所以說去倫敦的目的是度蜜月嗎？」

「天底下有人會被空姐這麼捉弄的嗎……？」

但夏凪聽了卻露出一副莫名受用的表情。妳「欸嘿嘿」個什麼勁啊。

「只是去倫敦稍微拿一下忘記拿的東西，還有，找一個非見不可的人。」

其實連那傢伙的本名都搞不清楚——我苦笑地如此補上一句。

「找一個連名字都不知道的人……看來您又面臨極具挑戰的任務呢。」

奧莉薇亞聽了這麼回答並溫柔地瞇起眼睛。

「所以？現在又發生什麼事件了嗎？」

我覺得差不多該進入正題了，便對奧莉薇亞問道。

根據奧莉薇亞所言——此時此刻，在這一萬公尺的高空上，似乎發生了不是找警察或醫生，而是需要**偵探**的事態。看來要不是有人造人或吸血鬼出現，就是外星人來襲吧。

跟四年前相比選項的範圍怎麼變得更大了，我不禁一邊感嘆，一邊等待對方的答覆。

『各位旅客請注意，座位編號A20的米亞・惠特洛克小姐，請您在聽到這則廣播後尋找距離您最近的空服員。』

這樣的廣播內容，用日語和英語在機艙內不斷重複著。在機場的確經常聽到這樣的尋人廣播……但在機上就很反常了。與其刻意用廣播去找人，不如直接前往該乘客的座位比較快吧？

……或者還有另一種可能，難道？

「那位乘客，不見了嗎？」

聽我這麼問，奧莉薇亞露出有難言之隱的苦笑點點頭。

「是的，那位乘客在起飛時還在，但後來突然不見了。」

這就是那則奇妙機內廣播的出現理由。一名叫米亞・惠特洛克的乘客，在一萬公尺高空飛行的客機內忽然消失蹤影。

「飛機起飛前，我們當然已經對照過乘客名單，確認所有人都登機後才做起飛準備。然而就在剛才要提供機內餐點時，發現有一名乘客不見了……」

奧莉薇亞用手搗著額頭，一副莫可奈何的樣子。

「那位米亞・惠特洛克是單獨旅行的乘客嗎？」

這時，夏凪就像要越過坐在她旁邊的我一樣，朝站在走道的奧莉薇亞探出身子問。

「不要用手撐我的大腿，也別把頭靠過來，我都要吃到妳的頭髮了……」

在不可抗力下，我聞著夏凪甘美的香水氣味，只能以這種姿勢聆聽那兩人對話。

「是的，好像沒有人跟她同行。不過在起飛後大約一小時，有空服員看到像是她的旅客起身離開座位。」

原來如此……大概是去上廁所吧。

然而在那之後，她並沒有返回座位，就像是突然蒸發一樣。

「有在機內搜索過嗎？」

我把夏凪按回座位，代替她問道。

「那是當然了，已經盡量找過所有地方，不過，到現在依然沒發現。」

「所以才需要找偵探嗎……」

真是的，雖說不是人造人登場那種離譜的情況，但感覺還是會比想像中更棘手。唉——正當我如此嘆氣的時候。

「是的，因為旅客名單裡有兩位的名字。」

奧莉薇亞塗了口紅的嘴唇咧開笑容。

「喂喂，所以一開始就想找我們喔。」

我無力地癱在座位上。雖然嘴裡問著「請問各位乘客有職業是偵探的嗎～」但奧莉薇亞打從一開始就把希望寄託在我們身上了……

……嗯，等等，不對，總覺得哪裡怪怪的。

「喂，假如一直找不到失蹤的旅客會怎麼樣啊？」

夏凪在我還沒思考出疑點前就搶先對奧莉薇亞問。

對此她的答覆是——

「嗯，那飛機就必須折返日本了。」

「不要帶著笑容說這種話啊，一點也不好笑……」

看來我們最先面臨的難題，不是尋找希耶絲塔的遺產也不是與巫女見面，而是解決這個距離地表高達一萬公尺的空中密室詭計。

◆那是懸疑推理的必備橋段

「我嗅到可疑的味道。」

夏凪刻意一臉嚴肅地這麼說道。

「與其說是可疑不如說是別的氣味吧。」

我繃著一張臉，但夏凪卻無視我的反應，逕自環顧這狹窄的單間。

沒錯，我跟夏凪目前所處的這個狹小空間——就是機上的廁所。當然，我們不是來這裡做不正經的事，而是為了那起事件做現場調查。

「唔——不過可疑之處嘛……好像找不到？」

夏凪伸手摸單間的天花板，看樣子天花板並沒有被移動過。

當然，那位叫米亞·惠特洛克的乘客也不一定是在這間廁所失蹤的。只是在一架飛機上，普通旅客能出入的地點並不多，以此觀點看廁所就是最有可能的場所了。

「會不會，是被沖進馬桶裡了？」

我明知這是錯誤答案，卻還是忍不住將這個靈機一動的念頭說出來。

那是四年前，我就讀的中學所發生的一起事件。根據謠傳——半夜三點，對著某間女廁從前面數來的第三個單間敲三下門，《花子同學》就會把人拉進馬桶裡。不過那個事件已被希耶絲塔漂亮地解決了。

「那君塚，你上去蹲蹲看。」

結果夏凪聽了指著馬桶，要我擔任花子同學的祭品。

「夏凪，不要理所當然地用助手當獻祭啊。況且我還沒那個膽量在別人面前蹲馬桶。」

如果是往日那位白髮偵探就另當別論。

「不如說這種玩法應該是夏凪出場的機會才對。該怎麼說，總覺得妳會喜歡幹這種羞恥的事。」

「竟然隨便拿別人的性癖開玩笑！不對，這不是什麼性癖！」

「啊，是喔。」

「不要一下子就放棄捉弄人啊！不對，你還是放棄比較好！」

我暫時不理會因慌張而胡言亂語的夏凪，對這單間仔仔細細檢查一遍……然而，我也找不到任何可疑之處。果然，正確答案不是在這裡啊。

我們暫時先離開廁所，為了尋找其他線索在機內四處走動。不過，在狹窄的機艙內，實在想不到有什麼普通人可以隱藏的地方。我們所搭乘的這架長途飛行客機，設有空服員專用的休息空間，不過也沒在當中發現有人隱藏的跡象。

「說起其他可以藏身的地方，就剩下行李架了吧。」

我邊走邊觀察設置在座位上的行李架。四年前，希耶絲塔強迫我偷偷帶上飛機的滑膛槍也是藏在那個地方。

「是說，米亞·惠特洛克為什麼要躲起來？」

這時夏凪冷不防冒出這個疑問。

「我們一直是把她主動躲起來做為前提，但有沒有可能是別人幹的？例如說——」

「妳是指監禁？」

夏凪對我的話點點頭。

米亞·惠特洛克被**犯人**強行帶到某處監禁——當我們思索這種可能時，不知不覺走到了飛機的最前端，也就是駕駛艙。

「那時，也是在這裡吧。」

在這扇沉重的門後，我們遭遇了《人造人（蝙蝠）》，而我跟《SPES》之間的漫長鬥爭也就此展開。

「所以搞不好，這次的事件也跟《SPES》有關？」

「到此為止出現了太多**巧合**，讓人不得不列入這樣的考量啊。」

這不過是我轉述別人的觀點罷了，老實說以前夏凪就親口說過類似的話——任何事都不能用偶然這種聽天由命、不負責任的話一語帶過。因此，必須深入去思考這件事的發生背後有什麼意義才行。

所以這回的事件，一定也有什麼幕後的隱情，或者說背景、伏筆。我腦中想著這些事，一邊跟夏凪走回座位。

「總覺得事件的拼圖應該正逐漸湊齊了才對啊。」

我在胸前交叉雙臂，整理至今為止收集到的情報與關鍵字。

——希耶絲塔的遺產、尋找巫女、單獨與偵探旅行、相隔四年重逢的空服員、消失的乘客、一萬公尺高空上的密室、監禁、《SPES》、偶然與必然。最後，要說還有什麼疑似線索的話，就是**她說過的那句話**了……

「想不通。再怎麼樣也想不通。」

我望著當我們離開時端上來的機內餐點自言自語著。

仔細想想，這種真正屬於懸疑推理的難題還真是久違了。不過當然，只要一跟《SPES》扯上關係，事件就不會變成單純的解謎遊戲。

無論如何，感覺自己這顆變遲鈍的大腦，恐怕怎樣都無法推導出正確答案。於是我稍微按摩一下太陽穴並轉頭看向鄰座。

「……別吃得一副很美味的樣子好嗎？」

夏凪的側臉映入眼簾，她就像隸屬橄欖球隊的高中男生一樣對餐點大嚼特嚼。妳是把這趟旅行當作享樂喔。

「……君塚，你不吃喔？」

她一眨眼就吃光了自己那份餐點，還不時窺伺著我那份。

難道說，名偵探就一定要是大食客嗎？

「如果你真的一點都吃不下了，我倒是可以勉強幫你解決喔？」

「呃，妳這種傲嬌方式一點也不可愛。」

變成單純表明自己是個愛吃鬼的女高中生了。

「那、那麼，也就是說我除此之外的傲嬌都很可愛囉？」

「既然妳都自覺是傲嬌了，那也等於承認自己偶爾也有『嬌』的成分吧？」

「我、我可沒那麼說！你從一開始就會錯意了！」

夏凪拚命想把自己的失言掩飾過去。好，這麼一來就算扯平了。

「咦，你偷偷比出勝利手勢是怎麼回事？」

「基本上，我都是處於被人嘲弄的立場，只有對夏凪我才能像這樣取得優勢。」

「所以我是食物鏈的最底層!?」

「好吧，應該說比較像我、夏凪跟夏露之間互揭醜事就是了。」

「啊——然後在我們三人之上是小唯……這算哪種勢力平衡啊。」

「我們三個全都比中學女生的精神年齡還低，這或許才是最大的問題。」

而且還是個難以解決的問題，算了我放棄思考。

「比起那個，現在先專心尋找失蹤的乘客吧。」

雖說已經收集到一定的線索了，但真相遲遲未能出現。

「推理小說十誡。」

這時夏凪開始大嚼起我那份餐點，並以認真的表情喃喃說道。

「喂，別吃啊，那是我的耶。」

真不懂她為何還能擺出一臉嚴肅的表情，不過反正她也不會回答這個問題。

「所謂推理小說十誡，是英國推理作家隆納德（Ronald）·諾克斯（Knox）在一九二八年提出的，也就是寫作推理小說時必須遵守的十項原則。」

「啊啊，那個基本上我也知道。推理小說中的解謎，必須對讀者公平才行——以上述理念便誕生了那十個原則……不過，這跟我們有什麼關係？」

是說，那位作家本人日後也發表過打破自己十誡的作品，所以所謂十誡不過是某種粗略的基準罷了，只是為什麼現在要提起這個？

「你想想，如果我們現在面臨的難題也必須遵守那些原則的話，搞不好就能發現什麼突破口了，這是我的看法。」

「……該怎麼說呢，如果這是一本真正的推理小說姑且另當別論，但我們平常牽扯進的事件是否能用那些原則評斷，總覺得很微妙啊。」

舉例來說，諾克斯的十誡提到「偵探不能以超自然能力為破案方法」以及「不能讓具備超強身體能力的怪人登場」等，但我們現在就在跟《人造人》這種怪物交手，很遺憾早就超越了十誡所限制的範圍。

「可是這次的事件，也不能確定跟《SPES》一定有關吧？」

「好吧……也有道理。那麼，就僅限這次來思考十誡裡派得上用場的部分。」

如果說起上述那個十誡裡，有哪些能成為這類密室解謎的線索——

「犯罪現場不可以出現一條以上的祕密通道。」

兩人異口同聲地說道，並忍不住朝彼此對看一眼。

「那麼，假使用這條規定反過來思考。」

「是啊，那就表示飛機裡**應該有一個**可以讓她躲藏的地方。」

而且那個**祕密的房間**，鐵定是夏凪跟我無法輕易進入的地方。

當然，這個假設必須成立在，我們面臨的解謎是屬於推理小說裡的事件此一前提上。但假如，這個前提恰好就是直接解開這回謎題的關鍵呢——

「君塚，我搞懂了。」

夏凪說了聲「聽好囉？」並朝我伸出食指。

「只要將所有不可能的情況都排除，剩下那一個不論有多麼難以置信都是真相！」

模仿那位名偵探福爾摩斯的口吻，夏凪露出得意洋洋的表情。

「對了夏凪，放在妳腳邊包包裡那本貼滿便利貼的偵探小說好看嗎？」

「……我最討厭君塚。」

◆這樣的未來，在很久以前就決定了

「這是花草茶。很燙，請小心飲用。」

對坐在蓬鬆舒適、如沙發般座椅上的我跟夏凪，奧莉薇亞以嫻熟的動作端出茶杯。

「這就是頭等艙嗎……」

跟我們習慣搭乘的經濟艙大為不同，光是座椅的觸感就非常明顯。

「這些本來就是空位，所以請放心享受。」

奧莉薇亞臉上掛著微笑，佇立在我跟夏凪各自座位間的通道上。的確，這一塊區域裡的頭等艙座位，除了我們以外好像就沒有其他乘客了。

「不過，這樣好嗎？讓我們使用這裡。」

夏凪露出滿懷歉意的表情，用邊桌上那只冰過的玻璃杯，大量注入看似很昂貴的飲料後一口飲盡。妳這傢伙的言行不一致也太誇張了，至少先去喝別人送上的花草茶吧。

「是的，已經獲得許可了。況且，有些話可能不方便在其他客人面前說。」

奧莉薇亞這麼告知後浮現苦笑。

「所以說，已經找出惠特洛克小姐人在哪裡了，這是真的嗎？」

她瞇起眼，對我跟夏凪這麼問道。

那之後，發掘出真相的我跟夏凪把奧莉薇亞叫來……接著則反過來，由奧莉薇亞帶我們來這個方便談話的場所。

「當然，就是為了告訴妳結果才來這裡的……是說，之後的事可以交給妳嗎？夏凪。」

「嗯，包在我身上。」

這時，夏凪再度把玻璃杯中滿滿的飲料喝光。

「說起來，把米亞．惠特洛克**藏起來**的人——就是妳，奧莉薇亞小姐吧？」

對站在眼前的空服員，夏凪劈頭就質疑道。

「原來如此。」

另一方面，被質疑的奧莉薇亞則輕輕點頭。

「雖然我很想直接反駁，不過首先還是讓我對偵探小姐的理論洗耳恭聽吧，這才是推理小說的基本流程。」

她以一派冷靜的態度催促夏凪說下去。

「為什麼會認為是我**監禁**了惠特洛克小姐呢？」

「因為這是剩下的唯一一種可能。」

對奧莉薇亞的質問，夏凪再度使用剛才對我說過的臺詞。

「我跟君塚找遍了整架飛機，還是一無所獲。既然這樣，那一開始人就被藏在我們這種**普通旅客**找不到的場所，不是很合裡的推論嗎？」

「……原來如此，所以才推斷是**工作人員**所為嗎？」

奧莉薇亞一邊附和，一邊豎耳傾聽夏凪的推論。

「正是如此。米亞．惠特洛克必定是藏在我跟君塚無法搜查的地方。例如說駕駛艙之類……或者，機內的送餐推車。」

夏凪這麼表示，視線朝向奧莉薇亞身邊那具銀色的送餐推車。

一般這種推車是給機內旅客送飲料或餐點的，不過假使是一**位身材纖細的女性**，要裝進這種推車完全是可能的。當然我們不能肯定答案就是那部推車，但只要有身為空服員的奧莉薇亞協助，推理小說規則容許的單一密道在這架飛機上的確能存在。

「米亞・惠特洛克，如今就處於妳……奧莉薇亞的監視下，沒錯吧？」

就這樣，夏凪公布了事件的真相與嫌犯。

沒錯，事實上諾克斯的十誡還有一條「犯人必須在故事前半段亮相才行」。真要說起來，這次的事件也是從奧莉薇亞那句「請問各位乘客當中有職業是偵探的嗎？」展開的。

「……原來如此，很有趣的假設。」

奧莉薇亞緩緩閉上眼，又靜靜點了點頭。

「但，我這麼做的動機是什麼？為什麼我非得要把尊敬的乘客——惠特洛克小姐監禁起來不可呢？」

是啊，的確。解謎光靠推論是無法成立的。正如奧莉薇亞所言，還必須搞清楚犯人的動機才行，否則假設的證據力就不夠。既然這樣。

「為什麼妳要將尊敬的乘客……米亞・惠特洛克監禁起來，讓我用一句話來說明吧。」

我像這樣扮演一個稱職的助手，試著補足夏凪的推理。

「不，這部分也讓我來說吧。」

「夏凪，妳偶爾也給我一點表現的機會。」

我獲得夏凪的許可（就當作是這樣），對奧莉薇亞解說起推理。

「因為米亞・惠特洛克，是守護世界的《調律者》之一的《巫女》。」

我告知真相後，奧莉薇亞倏地瞇起眼。

「巫女，是指什麼？」

「現在裝蒜也沒用了，我知道妳也是**這邊這個世界的人**。」

我回憶起今天跟奧莉薇亞剛開始的對話。她促狹地對我說「偵探小姐和上次不是同一位」……此外，又表示因為夏凪的名字在旅客名單上所以才拜託我們幫忙。

然而冷靜想想，我姑且不論，奧莉薇亞應該不可能認識夏凪才對。況且她還以夏凪是偵探為前提找上我們。這也代表，奧莉薇亞一定很清楚**我們如今的背景**，這點絕不會錯。

「那麼消失的旅客——米亞・惠特洛克小姐，就是您所說的《巫女》，這又是如何斷定的呢？」

「妳主動給我們設計這種棘手的解謎難題，這件事本身就是最強大的證據了。」

奧莉薇亞知道我們的內幕，還故意裝出一無所知的樣子將這件棘手的事扔到我們頭上。很明顯她這麼做一定是有目的的，至於她想要的結果是什麼，那便是將我們搭機出行的理由——與巫女見面這件事破壞掉。

而且，我這時候又想起來，從日本出發前風靡小姐曾表示「據說任何人都無法與巫女見面」。基於以上的想法，把《消失的乘客》跟《巫女》聯想在一起，並不算什麼很不自然的事情。

「妳背負某項使命，絕不能讓我們跟米亞·惠特洛克見面。正因如此，妳才要把她藏在這架飛機的某處。」

一定是因為，我那種容易被捲入事件的體質，才**偶然**地——讓我跟夏凪錯過原本要搭的上一班飛機，而搭上了這架跟《巫女》一樣的飛機。然而那位絕不讓別人主動找上門的《巫女》，為了躲避可能知道自己長相的我跟夏凪，才設法藏身在機內的某個地方——藉由空服員奧莉薇亞的協助。

「原來如此，聽起來有幾分道理。」

不過——奧莉薇亞依舊不放棄跟我們爭論。

「您的那個假設存在著一個巨大的矛盾，難道您沒有發覺嗎？」

……啊啊，被抓包了嗎？而且恐怕那個矛盾，已足夠推翻我們前述推理的前提了。

「妳明明處於不想讓我們碰見巫女的立場上，卻還要主動委託我們解決這個事件……這就是妳指的矛盾吧？」

「是的，您說對了。假使偵探小姐的推理無誤，我就是引發這起事件的元凶……那麼把此事委託給身為當事者的你們解決，果然是不合邏輯的吧。」

當然，奧莉薇亞如果是以一介普通空服員的立場，將這件麻煩事的詳情說明給我們聽，那也不算太不合邏輯……不過一旦她是引發此一事態的**犯人**，就無論如何都很難避免矛盾的產生了。犯人主動去委託偵探解決案子……這樣的構圖未免太過詭異。

——不過解決上述矛盾的假設，偵探也早就設想好了。於是，我將說出真相的角色交由夏凪本人擔當。

「妳背負某項使命，所以不能讓我們見到巫女。」

不過——夏凪彷彿要拆穿奧莉薇亞的真正用意般繼續推理道。

「妳內心某個角落，還是隱藏著想讓我們跟巫女見面的念頭……又或者，妳希望**我們是值得跟巫女見面的存在**，所以才透過這個謎題測試我們。」

這就是我們的觀點，也是犯人故意委託偵探解決事件的理由。就某個意義而言，這想必跟四年前蝙蝠劫機一樣——犯人比任何人都希望這起事件獲得解決。

「……太精采了。」

這時奧莉薇亞淺淺一笑，終於認可了我們的假設。

「是的，米亞・惠特洛克小姐之所以要隱蔽行蹤，正是由我所主導。此外其目的，以及身為幕後黑手的我為何要刻意委託你們解決事件，背後的道理都正如二位所推測。」

「……喂，既然如此，妳究竟是何方神聖呀？」

接著，夏凪以到目前為止的推理為基礎，對奧莉薇亞拋出最後一個尚未解決的疑問。

「我知道妳不想讓我們跟巫女見面，不過妳是以什麼立場協助巫女的？」

雖說已經弄清楚奧莉薇亞就是這起事件的犯人，但為何身為空服員的她要做出這種事？對此奧莉薇亞的回答是。

「我出身於代代服侍《巫女》的家族——說穿了，就是巫女的隨從。」

她毫無掩飾地揭露了自己的真實身分。

「巫女大人，至今甚至連任何一位其他《調律者》都沒見過。因此，對於企圖謁見巫女大人的對象，都由我負責事前的篩選。」

……果然啊。這回奧莉薇亞可說是自導自演地上演了這場解謎，至於其目的，則是要親眼鑑識我們是否有價值謁見她所侍奉的主子。

此外設計這次謎題劇情的是奧莉薇亞本人，而我跟夏凪又扮演了負責解謎的讀者角色，正因如此，這回的情況才會適用於所謂的推理小說十誡吧。到此為止奧莉薇亞都表現得如此冷靜理智……看來四年前，她看到人造人（蝙蝠）時那種驚慌失措的反應，頂多只是演技罷了。

「所以這就是跟巫女見面的考驗囉。」

「是的。或許也可以說，這單純只是我的願望。」

奧莉薇亞這時認同了夏凪的發言，並靜靜閉上眼。

她果然也希望，我們是值得讓巫女一見的人物吧。儘管巫女是她的主人，也據說是任何人都無法見面的對象，但奧莉薇亞還是希望雙方碰面。

「妳也有什麼想要改變的未來嗎？」

夏凪用讓人猛然驚醒的聲音，對奧莉薇亞問道。

這就像是在問她，是否要違逆那位據說可看穿所有未來的主人一樣。

如果要舉例的話，跟某位「為了主人好寧可背叛主人」的白髮女僕有異曲同工之妙。

「——那麼，好像有點聊太久了，我差不多該回去工作了。」

結果奧莉薇亞緩緩睜開眼，並沒有回答夏凪的問題便打算從現場離去。

「由於距離目的地還有很漫長的旅程，請偵探小姐跟助手先生繼續享用這邊的座位。」

「……慢著，雖然很感謝妳的提議，不過結果我們到底能否見巫女一面啊？」

我還以為測試過關了，等下就可以見到巫女——照剛才的對話流程應該是這樣啊。

「呼呼，這個嘛，我個人也是如此希望的。」

就在奧莉薇亞即將離去之際。

「但二位能否謁見巫女大人，只有神才曉得了。」

她冷不防把臉湊到我面前，展現出成熟女性的冶豔笑容。

◆愛情喜劇的完結通知

那之後又過了十幾個小時。

平安飛抵目的地的我們，來到了今晚要過夜的倫敦飯店。完成入住手續後，我們將行李搬進房間。

「等等？為什麼住飯店？」

這時候本該慶祝順利抵達才對，但夏凪卻對我投以不滿的視線。

「不是該去希耶絲塔跟君塚的愛巢嗎？」

就說了那不是愛巢……但的確正如夏凪所言，本來預定抵達倫敦後就要前往以前那個住處。那麼一來還可以節省住宿費。

「話雖如此，但我沒鑰匙啊。」

我翻開空無一物的口袋給她看。

「唉，正常人應該不會讓那麼重要的東西被偷走吧？」

「大概因為我不是正常人吧。」

原因正出於，我那個與生俱來、容易被捲入事件的詛咒體質。

起初是打算從機場直接前往希耶絲塔的家，但途中卻突然發現錢包不見了。而且最要緊的《七種道具》裡的萬能鑰匙也放在錢包裡，計畫流產的我們，只好先決定以這間飯店為據點。

「是說犯人的技巧相當高明啊。我從很久以前就經常被偷，所以一般的小毛賊是很難對我下手的。」

「一點也不想要這種經驗……是說，接下來該怎麼辦？」

「啊，基本上已經報警了，不過我覺得應該不會那麼快找到吧。」

「那怎麼辦？用電鑽直接破壞門？」

「不准隨便破壞我跟希耶絲塔的愛巢！」

「你自己還不是這麼說。」

剛才那是開玩笑，雙方都不該太認真。

「除了尋找希耶絲塔的遺產外，我們的目的還有一個，那就是跟巫女見面。既然如此，現在先去處理後者不就好了？」

當然假使萬能鑰匙一直找不回來，也只能如夏凪的建議強行進屋，並將抽屜的鎖破壞掉了。只不過我唯一擔心的是，並非用正規手段開鎖的情況下，希耶絲塔會不會事先安裝了爆炸的陷阱之類……

「巫女唷，那傢伙還真是瞧不起我們啊。」

夏凪不服氣地喃喃說道，並「嘿咻」一聲趴到床上。

「所以說妳比較喜歡哪裡被舔（註1）？」

「我不是在討論性癖！」

我誤會了嗎？

夏凪趴在床上，雙腿激烈地上下擺動著，藉此表達不滿的情緒。雖說她的小褲褲在裙襬下若隱若現，但這時指出這點恐怕又會讓她不爽，因此我只好沉默地繼續

註1　日文「舐める」有瞧不起跟舔兩種意思。

觀察。

「……這個喔，是後頸吧。」

「妳突然回答這個問題，我不知該怎麼反應，還是拜託不要吧。」

除了答案過於具體外，這種謎樣的時間差攻擊也讓我消受不起。

「唔，明明是君塚先問的。」

夏凪爬起身，在床上擺出鴨子坐的姿勢，並朝我嘟起嘴。

「我要說的不是那個，我的意思是，被巫女瞧不起讓人很難接受。」

原來如此，被迫陪對方玩了解謎遊戲，結果還是沒能見上一面，夏凪不滿的似乎是這個。不過。

「連同為《調律者》的風靡小姐也見不到的對象，如果能輕易接觸不就太奇怪了嗎？」

應該說，能跟巫女產生間接的接觸點已經算好兆頭了……好吧與其說這是巧合，不如說是她的隨從奧莉薇亞主動插手干預。

「現在只能且戰且走了。而且下次一定要憑我們的實力找到巫女，讓她觀測希耶絲塔復活的未來。」

當然，我還無法確定那種未來是否存在。但即便如此，我還是斷定那種荒誕無稽的願望一定會實現，正如我那天對晨曦所發的誓一樣。

「所以拜託囉，名偵探，之後也幫忙讓希耶絲塔重回人世吧。」
我重新向夏凪提出這樣的委託。
「……真拿你沒辦法耶。」
這時夏凪好像稍微冷靜下來了，她淡淡地笑道：
「如果一介代理偵探，你也接受的話。」

這個場面，就像重現了當初在放學後的教室，我以助手而非偵探的身分，答應幫她尋找心臟的原本主人一樣。此外，如今夏凪最大的願望——鐵定不是讓自己成為《名偵探》，而是找回希耶絲塔吧。
「那總之，現在先考慮跟巫女見面的方法吧。」
「對呀。不過，在那之前，我恐怕得先洗個澡，所以請你暫時迴避。」
去去——夏凪做出要我滾出房間的手勢。
「雖說妳要我出去，但這裡也算是我的房間啊。」
「你、你的房間？咦？為什麼!?你沒有訂兩間房間嗎!?」
「其他飯店全都客滿了，就連這裡也只剩下這一間，妳忍耐一下。」
「那至少也該是雙床房啊，不然我不行！」

「放心吧，我對這種小事並不介意。」

「可是！我很！介意啊！」

夏凪氣得滿臉通紅，在面積不大的雙人床上用鴨子坐的姿勢靈活地蹦蹦跳跳。

「之前我們不也住在同一個屋簷下。」

「這跟那時的狀況不同吧！現在可是只有我們兩人！」

「放心，這回絕對不會發生那一類的事。」

「唔，為、為什麼以我為對象時，你就要堅決避免那種事的發生呀！」

「妳到底是希望出事還是別出事啊，快選一個。」

「你一點也不把我當女人看待我才覺得火大！」

看來十八歲的少女心相當複雜。夏凪整個人倒下去癱在棉被上，等下我也要睡這裡，請別把床單弄得皺巴巴的。

「……咦，難不成，君塚非常討厭我？」

「總覺得，這個問題稍微答錯我就會身首異處啊。」

夏凪她，原來是對自己那麼沒自信的傢伙喔。

我一邊浮現無奈的笑容，一邊打開衣櫥門想掛外套。但一本放在衣櫃中的書，映入了我的眼簾。

「……啊——因為這樣我才不行嗎？」

就在同時，夏凪冒出了幾句喃喃自語。

「太過情緒化的部分，就是我跟希耶絲塔的差異……好感度的差距……」

不知為何她開起了悲傷的檢討會，真是精神可嘉。

但既然如此，這恐怕就是讓她能夠扳回一城的機會。

想必我們接下來將會被捲入從未預想過的未來。

「夏凪，妳還記得這個嗎？」

我取出放在衣櫥裡的那本書，遞給夏凪。

「咦，這不是……」

夏凪對面前的那個瞪大雙眼。

跟海拉共享一部分記憶的她，看來對此似乎有印象。

沒錯，就在一年前，我跟對方還在倫敦為此產生糾紛。

「是啊，沒錯——這是《聖典》。」

【Side Charlotte】

「……唔，哈啊，這麼一來還剩四個……」

我背倚著小巷裡的牆壁，為了緩和急促的呼吸而癱坐地上。

身邊，則是一名倒地的年輕長髮男子——那傢伙正是《SPES》的殘黨。然而剛才我要是稍稍露出破綻，現在就換成我落入他的下場了。

「終於收拾乾淨了嗎？」

這時有個叩叩叩的腳步聲響起，一個以女性而言太過嘶啞的說話聲靠了過來。

「不過，冗餘的動作果然還是太多。」

她一邊抽菸，一邊批評到目前為止的戰鬥。

「既然這樣一開始就該講解一下什麼叫多餘的動作啊——風靡。」

我在水泥地上抱著膝蓋，朝上瞪著那位高高在上的紅髮上司。

君塚跟渚動身去倫敦了，我則在她的指示下像這樣做**實戰訓練**。然而風靡始終像這樣潑我的冷水，根本沒打算做實際的指導。

「是說妳不是戒菸了？」

「戒菸？啊——對喔對喔。」

風靡儘管嘴裡這麼說，但還是像早年的日本電影明星般光明正大地吞雲吐霧……可惡真是氣死人了。

「至少妳也幫個忙吧。妳打算對部下見死不救嗎？」

我站起身，把她的香菸全部沒收並質問道。

如今我們的對手，是像蝙蝠那樣，原本是人類卻又被《種》寄生的《ＳＰＥＳ》成員。當然實力並沒有像變色龍那種**純正**的品種那麼強，甚至地位恐怕還比蝙蝠更低階，但也絕非可以輕忽大意的敵人。

「妳說什麼啊，夏洛特，這從一**年前開始**就是妳的工作吧。」

結果風靡依然用那種尖銳的眼神對我說道。

……話是這麼說，沒錯。打倒《ＳＰＥＳ》的殘黨，從一年前開始……也就是大小姐去世以後，就化為了我的使命。畢竟，那一直都是大小姐分配給我的工作。由擅長戰鬥技巧的我負責實戰，腦袋靈光的君塚則以知識和臨場判斷解決問題。我們能像那樣同心協力，始終是大小姐所期盼的結果。

「……結果那個男的卻——」

一想到失去大小姐的這一年來，始終沉浸於溫吞安逸的君塚，我就再度火冒三丈……但現在不是對他生氣的時候，我搖搖頭。

「可是，現在繼續狩獵這些殘黨的意義是？尋找能直接打倒席德的方法不是更好嗎？」

當然，那個方法目前正由渚他們在調查當中。

「是為了預先消滅其他容器候選人。」

對我的質問，風靡背靠牆、交叉雙臂這麼答道。

「就現狀，齋川唯毫無疑問是容器的第一順位，但也不能排除，席德可能用其他寄宿《種》的人類做為消耗性的暫時容器。趁現在先斬草除根才是最好的做法。」

我聽完她的話，俯視剛才跟我交手的《SPES》成員。如今趴在地上的這傢伙，有可能被席德當作暫時的容器。至於排除這種事，就是我被賦予的任務了。

……的確，這種工作只有我能做。君塚姑且不論，渚跟唯都太善良了。要直接動手的事，還是交給我比較好。

「可是，照這個理論君塚也是吧？那傢伙體內也有《種》寄生了不是嗎？」

沒錯，他當時有勇無謀地吞下了變色龍的種，強迫自己也變成種的寄居者。這麼一來，君塚也不能排除被席德選為容器的機率了。

「哈，能被妳幹掉也是那傢伙的宿願吧。」

結果，風靡只是若無其事地喃喃說道，聽不出來是開玩笑還是真心話。

……不過，假使君塚真的成為容器候補人選，又或是被《種》占據了意識和身軀，那遲早會變成像變色龍那樣的怪物。屆時，我——

「我想指責的，就是妳這種心態啊——夏洛特・有坂・安德森。」

下一瞬間，風靡扔出的一把匕首掠過我臉頰。

我慌忙轉過頭，只見那邊——剛才我打倒的男子背上長出《觸手》，被風靡擲出的匕首切斷了。接著風靡走向那個不知名的《ＳＰＥＳ》殘黨，毫不留情地以槍口給予致命一擊。

「妳對應該要打倒的敵人，也寄予同情。」

風靡回過頭，用老鷹般的銳利目光凝視我。

「斬斷那些沒必要的同情心，捨棄天真，不要因為情感而手下留情。不管是君塚君彥、夏凪渚，或齋川唯，他們都做不到這點，因此才要由妳動手。如果妳希望成為他們的一員，至少得達成他們辦不了的任務吧。」

……是啊。風靡絕沒有因為之前的那件事，就認同了我的想法。即便是在將來，她也絕不可能容許我的天真。

「一旦握著槍就要發射，拔出劍就要揮落——當戰鬥展開後，就得廝殺到最後一刻。對於想守護的事物以及無法再守護的事物，一定要冷酷地區分開來。即便那麼做的結果，會與全世界為敵也不在乎。」

說到這，風靡驀然瞇起眼。

「妳是說我無法守護一切？」

「等妳具備了能守護一切的力量再說吧。」

……這話很有道理。看來我在口頭上爭不過她。

而且她的信念也是堅定不移的。

捨棄合作能力，絕不信任他人，只為了自己相信的使命而生。正是因為這樣她才成為基本上都是單獨行動的《暗殺者》，並擔當《調律者》之一的職務，在幕後守護世界。

「喂，為什麼妳要幫忙討伐《SPES》？」

然而，也由於如此我產生一個疑問。為什麼從不幫助他人的她，現在卻要為大小姐遺留的工作出力。

「就跟妳一樣。」

這時，風靡又點起了一根不知不覺從我這摸走的香菸。

「我也沒能幹掉那傢伙。」

她邊吐著煙，很叫人意外地輕易說出了那段往事。

她說指的那傢伙，一定是過去那位《名偵探》吧。五年前，我從當時隸屬的組織那，接獲了要暗殺大小姐的指令。

「當時，已經是《暗殺者》的我接到了一項指令，要把剛從《SPES》設施逃出的那傢伙處理掉。」

「這是身為《調律者》的任務嗎？為什麼上頭要做這種判斷？」

「那個時候，已查出那傢伙就是席德的容器候選人。做為間接打倒席德的手段，還是先斬草除根比較好吧。」

……原來如此，跟之前要殺死唯是一樣的構想，結果在更早也對大小姐採取了相同的手段。

「但那傢伙卻活了下來。」

風靡凝視冉冉升起的煙霧繼續道。

「即便我追到天涯海角，那傢伙還是不斷逃竄，甚至有時還會來個棘手的反擊，接著再繼續逃。她說過『直到達成自己被賦予的使命前，就算被飛彈擊中我也不會死』，而且臉上還掛著令人不爽的微笑。」

風靡這麼述說著，嘴角似乎隱約鬆弛開來。

「由於她成功從《暗殺者》手中逃脫，實力獲得認可並掛上了《調律者》之一的稱號。那之後，討伐《SPES》的任務也正式交到了《名偵探》手上。」

風靡說到這突然話鋒一轉，故意冒出「竟敢搶別人的工作」這種假惺惺的抱怨。然而我聽完她剛才的說明，不由得產生一個疑問。

「妳當初真的有全力追殺大小姐嗎？」

五年前，如果是比現在還更菜的我也就罷了，當時已經是《暗殺者》馳名幕後世界的風靡，真的會像那樣不斷任務失敗？

搞不好，那個人也跟我一樣，從大小姐身上感覺到了**什麼**。因此才會每次都手下留情，刻意放她一馬。風靡聽了我的疑問後。

「咦，還真是個有趣的女孩——我不否認我曾瞬間這麼想過。」

結果，風靡並不像平時的作風、以無關緊要的臺詞結束這個話題。

「那麼，也聊太久了。」

她拿出攜帶式菸灰缸熄滅菸頭。

「我還有點正經事要辦，妳留下來繼續任務吧。」

她對我下達打倒《SPES》殘黨的指示，準備離去。

「正經事？該不會是上頭——聯邦政府有找？」

我忍不住朝風靡的背影問。

例如，風靡擅自介入本應是《名偵探》負責範圍的《SPES》討伐工作，所以才被叫去斥責。

或者剛好相反，這回身為《暗殺者》的她，所接獲的指令正是對《名偵探》未完成的工作**善後**，結果她卻沒能殺掉齋川唯，現在上頭要追究她無法完成任務的責任了。

「上頭找？不，妳搞錯了。」

這時，風靡暫時停下腳步。

「我只是稍微去吵個架罷了。」

她把脫下的外套掛在右肩上，挑釁地如此咕噥一句。

【第二章】

◆解謎總是伴隨著炸魚薯條

那之後我跟夏凪移動到飯店附近的餐廳，在桌邊面對面吃起午餐。餓著肚子是無法解謎的——這也是名偵探的提議。

「真沒想到，還能看到這玩意。」

我對擱在桌上的那本書瞥了一眼後嘆道。

書的封底已經沒了，大部分頁面似乎也在途中脫落……但毫無疑問這本書就是《聖典》。證據在於，我打開以後，就看到我跟希耶絲塔這幾年的部分經歷記載在上頭。

「這也是巧合嗎……絕對不可能吧。」

夏凪邊捏起薯條邊露出複雜的表情。

我第一次見到《聖典》是在一年前。當時持有這本書的人，是夏凪渚的另一個幕後人格《海拉》。據說《聖典》裡記載了未來會發生的事，最早的書本主人則是席德，而包括海拉在內的《SPES》幹部都是按照其指示侵略地球。

然後到了現在，約一年後《聖典》再次出現在我們面前。但正如夏凪所言，這件事絕不能以巧合視之。為何這本書會莫名跑到我手中，該不會是席德設下的圈套吧，又或者是——

「——巫女。」

這時，我終於提及了這號人物。

「老實說，我也有同感。」

結果夏凪跟我的意見不謀而合。

「在《聖典》裡，記載著未來發生的事。如果要問哪個人最有可能寫出這個，誰最適合當作者，那果然只有巫女了。」

是啊，這也是我剛才腦中的假設。當然，也無法完全否定席德具備預知未來的能力……但真要說起來，還是巫女更有可能，這部分有風靡小姐跟奧莉薇亞做為證人，所以可信度較高吧。

「也就是說原本持有《聖典》的人是巫女，但席德過去用某種方式把書搶走了……這種假設感覺很有說服力。」

此外還有另一個，可以將《聖典》持有者推斷為巫女的理由。

我把這本缺頁的《聖典》，翻到目前這種狀態的最後一頁。

那上頭寫的是——

「怪物《梅杜莎》襲擊倫敦市區嗎……」

夏凪瞇起眼，注視著日期標示約莫在一週前的那頁。

如果這項預言為真，那現在這座城市應該有類似梅杜莎的怪物在昂首闊步吧。

「這也是巫女陣營安排給我們的考驗吧——為了判斷我們是否為值得見一面的人。」

「會這麼想是很自然的。說穿了，巫女的訊息就是『想見小女子一面，就先去打倒讓倫敦街頭陷入恐慌的怪物《梅杜莎》吧』。」

「剛才那個裝女人說話的噁心腔調是什麼？難道在模仿巫女？」

「別說什麼噁心好嗎，我只是在模仿想像中的巫女罷了。大致就是那種感覺吧，我也不確定。」

連一次面也沒見過，只會透過底下的人給我們安排麻煩的謎題。她肯定是那種傲慢地坐在寶座上、頭抬得高高的類型，絕對是個囂張又任性的少女不會錯——我猜啦。

「不過啊，先處理這邊真的好嗎？」

這時夏凪質疑起我決斷的正確性。

「起初是要來拿回希耶絲塔的遺產的……之後卻變成尋找巫女。然後現在，又變成要先解決另一個事件，這樣不會離答案越來越遠了嗎？」

……是啊，她這麼說的確也有道理。

距離風靡小姐所設下的條件，也就是打倒席德的期限還有十天。在那之前我們必須找到希耶絲塔留下的遺產，還得跟能成為希耶絲塔復活關鍵的巫女見面。在異國的土地上與真相不明的怪物戰鬥，我們恐怕根本沒那種閒功夫——然而。

「假裝沒看到眼前發生的事件，我可沒臉返回那間公寓啊。」

已經遇到的事件，如果扔下不管直接回家，希耶絲塔絕對會生氣的。只要目前有人正在某處被名為梅杜莎的怪物襲擊，我就不能坐視不管。

「……是嗎？」

夏凪低聲嘆息道。

「嗯，既然君塚覺得沒問題就好。」

夏凪好像無計可施般露出無奈的笑容。

看來行動方針大致就這麼決定了。

「而且關於這起事件，我已經有點頭緒了。」

對歪著腦袋的夏凪，我回憶起過去曾體驗過的經歷。

「老實說在兩年前，我曾跟希耶絲塔遭遇過一次《梅杜莎》。」

梅杜莎——傳說能用目光將人變為石像的怪物。

但我們所遭遇的，**並不是真正的怪物**，而是住在某棟洋房裡的梅杜莎。那裡有個可悲的男人，覺得自己因意外而變成植物人的養女很可憐，便使用特殊的毒藥讓他人淪落相同的下場。

「原來是這樣……不過，那件事不是被君塚你們解決了嗎？」

「是啊，但很遺憾我只是希耶絲塔的拖油瓶。」

正如夏凪所言，那件事本身早就被希耶絲塔精采地解決了。這麼說來，這次的這個難道是模仿上回的事件……還是說，這次的犯人，又是體內寄宿有《SPES》種子力量的難纏對手。不論如何，都有必要詳加調查。

「那麼，既然肚子填飽了就去現場調查吧。」

所謂偵探和助手，就跟昭和年代的刑警一樣，必須經常在外跑動辦案。更何況，尚未確定這起事件在社會上的知名度，也不知道梅杜莎具體而言造成了多少損害，應該要先從那部分著手調查起才對。一想到這，我便站起身……但就在這時。

「君塚啊，你的身體沒問題吧？」

夏凪偷偷瞥了我幾眼後問道。這唐突的質問令我不解地歪著頭，但夏凪卻露出一副「其實我一直想找時機問」的罕見關心模樣。

「嗯，我身體好到自己都害怕的程度啊。」

八成是問兩天前跟風靡小姐的那場戰鬥吧。的確，當下我以為自己鐵定斷了一、兩根骨頭……但就現狀來說，除了多少還有點痛，已經恢復到可以過正常生活的程度了。

「真的嗎？一**點副作用都沒有？**」

……原來如此，是問那個啊。我看了夏凪不安的眼神終於搞懂了。

我為了在戰鬥中欺騙風靡小姐，主動吞下變色龍的《種》。出自席德身上的這個《種》，會讓攝取者獲得特殊的能力，但如果沒經過適當的處置就植入體內，據說會引發各種代價嚴重的副作用。好比蝙蝠是失去視力……也聽過壽命會減短的說法。

不過到目前為止尚未出現癥狀。好比失去味覺吃不出炸魚薯條的風味之類……並沒有這種伏筆。當然，未來可能會面臨副作用突然出現的風險，但至少我目前還是健康的。

「什麼啊，妳在擔心我？」

我語帶促狹地對夏凪說道。

——結果。

「當然會擔心你啦。」

夏凪卻出人意表地對我露出嚴肅之色。

接著她緊緊凝視我的雙眼說道。

「不只是我……還有小唯，以及夏露，大家都很擔心君塚，也很重視君塚的安危。就像你總是一直在關心我們一樣，對吧？」

這不是單方面的受惠或施捨。

人與人的思念，應該要有來有往才對。

此時此刻夏凪對我露出的笑容——雖然有點不甘心，但就跟過去那位搭檔的名偵探分數一樣高，散發出壓倒性的可愛。

「剛才那個，難不成是墜入愛河的聲音？」

「很遺憾，頂多只是話題告一段落罷了。」

◆一年前的記憶，兩人份的回憶

——翌日。

「真是風和日麗的早晨啊。」

我從雙層巴士的上層眺望街景，並對坐在隔壁的夏凪開口說道。

昨天，我和夏凪馬上展開對梅杜莎的調查……詢問的結果，獲得一項線索，如今正搭乘巴士前往某個地點。當然，心情不可能像觀光那麼悠哉，但這種充滿異國風情的街道隨便抽出一個角落看起來都像名畫。本來我只是想跟夏凪共享一下這樣的風景而已……

「…………」

但夏凪只是愣愣望向前方，一副心不在焉的樣子。

「這套衣服，妳穿起來很好看。」

我在想自己可能又惹到她了，為了逗她開心姑且誇獎她一下。

雖然對衣服的種類跟名稱不甚瞭解，但這套看似黑色連身裙的服裝，跟夏凪平日的風格略有不同，在異國的土地上穿起來就像畫中的人物。

「君塚就算萬一交到女朋友，應該也會在兩秒內吵架分手吧。」

「比起後半段，我更想對前面我交到女友的機率只有萬分之一這件事提出異議。」

看來她並非在無視我。夏凪的注意力終於轉向我這裡。

「妳從剛才就一直在發呆，怎麼了？睡眠不足嗎？」

「啊——君塚的夢話的確令我難以成眠就是了。」

「……我一點印象都沒有。」

同睡一張床的弊病竟然表現在這。

希望自己不要在無意識中說了跟希耶絲塔有關的話。

「雖然我也聽不太懂，但你好像一直在對小唯磕頭道歉。」

「比想像中還要糟一百倍啊。」

這麼說來，自己從日本動身前跟齋川吵了一架啊……真希望能趕快和好。

「另外，就是。」

這時，夏凪浮現出苦澀的笑容表示。

「昨天夜裡，我又夢到**那孩子**了。」

夏凪所指的「那孩子」，恐怕就是她的另一個人格──海拉吧。

「大概是昨天看到那本《聖典》吧，果然又想起她的事。」

沒錯，夏凪也做了夢。

以前她也提過，她曾跟寄居於那顆心臟的希耶絲塔在**白日夢**中有過對話。我猜，她們一定共享著任何外人都無法干涉的另一個世界。

「妳跟海拉說了什麼？」

「……不知為何她好像很生氣。」

夏凪也明顯鼓起臉頰。

真是的，早知如此，當初在鏡子前的那場對話又算什麼。我還以為那時候雙方就已經和解了。

「不要擅自扛起責任——這是她說的。」

夏凪頗無奈地嘆了口氣，轉述海拉的發言。

「自己犯罪的責任要由自己負責——她還這麼說。」

……原來如此，這的確很像頑固的那傢伙會說的話。海拉在鏡子面前暫時受夏凪的激情所影響，但後續再思索出的答案就是這個吧。海拉如今已下定決心，當初奪走無辜之人性命的罪孽，必須由她自己來承擔。而海拉的這種固執，一定也包含了對主人的溫情。

「嗯，可是我無法接受，所以雙方就吵架還扭打成一團。」

「那跟希耶絲塔那次不是一樣嗎？」

看來這看門狗的三顆腦袋，今天也因意見不合而激烈互咬著。

「不過話說回來，真沒想到自己還會重返這個國家啊。」

我望著逐漸被巴士拋到後頭的景色，回憶起過去跟希耶絲塔一起造訪此地的點點滴滴。跟上回欣賞這裡的街景差不多時隔一年了吧，但那幾個月的生活，使得這裡的一草一木對我而言都無比熟悉，甚至就連路旁的號誌或路燈都讓我感到非常懷念。

「對倫敦我也久違了。」

這時鄰座的夏凪表情也頓時舒緩下來。

「一年前，我曾經跟君塚並肩在這條街道上同行。」

她就像是在追憶遙遠的過去般喃喃說道。

對喔，一年前待過這裡的人並不只有我跟希耶絲塔，那時愛莉西亞也……錯了，應該是透過《種》的效力化身為愛莉西亞模樣的夏凪，她跟我和希耶絲塔一起行動過。

「我想重新確認一下……那個時候妳只是外表像愛莉西亞，但其實內心已經是夏凪了吧？」

「嗯，那個是貨真價實的我沒錯唷。當然我也是到了最近才認知到這點。」

夏凪說到這微微露出苦笑。

的確，一年前跟我一起行動的那個少女，所使用的第一人稱，並非原始那位愛莉西亞所慣用的「Watashi」，當然也不是海拉習慣的「Boku」，而是夏凪的「Atashi」。外表雖是桃紅色秀髮的愛莉西亞，但內心可是夏凪渚本人。

「不過，天曉得呢。因為長得跟當年十二、三歲的愛莉西亞外表一樣，或許我的言行舉止也稍微受到她影響吧。我自己也搞不清楚就是了。」

夏凪這時回顧起一年前的自己。

「的確給人一種有點稚嫩的感覺，是說現在的夏凪精神年齡也很幼稚就是了。」

「唔哇，當初你自己還不是像個孩子一樣向希耶絲塔撒嬌。」

「完全沒有這樣的記憶或紀錄。」

「總有一天我絕對要逼迫希耶絲塔招認當年所有的事。」

……在夏凪心中，讓偵探重返人世又多了一個謎樣的動機。

「啊，你快看，那間珠寶店，我們以前不是進去過嗎？」

夏凪所指的那個方向，有一間面對巴士途經道路的玻璃櫥窗珠寶店。大約在一年前，我跟她去尋找《藍寶石之眼》曾造訪過那個場所。

「記得應該是沒錢所以在那裡完全沒買東西。」

「是啊，貧窮這點到現在依然沒變啊。」

應該要盡早讓夏凪開設偵探事務所，每天賺一點進帳也不賴。

「嗯，不過取而代之地在路邊攤商買了戒指給我，還算不錯啦。」

夏凪似乎頗為開心，喜孜孜地朝上仰望我。

「……有這回事嗎？我完全忘了。」

「你還說『從此時此刻直到未來永恆，請多多關照』，並把戒指戴在我的無名指上唷～」

「唔，那是妳逼我說的吧，現在立刻忘了它！」

「我才不～要！」

當我們聊著這些無關緊要的話題時，巴士終於抵達距離我們目的地最近的停靠站。下車後再走幾分鐘，我們來到的場所是——

「就是這裡了吧。」

夏凪仰望潔白的**醫院**喃喃道著。

這是昨天，我們調查那起事件所獲得的結果之一——有位被梅杜莎襲擊的受害者住進這家醫院。

「唉，進去吧。」

就這樣我們踏入醫院，搭乘電梯直接前往事先查到的病房。

「不過，事件並沒有如想像中那樣鬧得人盡皆知耶。」

夏凪彷彿想起昨天的調查結果般說道。

事實上，我們在街上向許多路人打聽的結果，聽到梅杜莎或類似的關鍵字後立刻有所反應的人，二十個裡找不出一個。

「是啊，**要不是偷偷潛入報社**，我們也無法追蹤到這個地點吧。」

昨天，夏凪擔心繼續這樣打聽下去一點幫助也沒有，就對我提了一個建議。倘若沒按照她所說的去做，事情也不會像現在這麼順利了。

「畢竟新聞媒體手中應該有情報才對，剩下的就只要竊聽了！」

「收斂一點，別明目張膽說出來啊。竊聽可不是什麼光明正大的事。」

「好啦好啦，反正實際上也進行得很順利，多虧君塚的能力。」

「……是啊。說實話，這種能力很適合祕密行動。」

變色龍的種帶給我透明化的能力。只要有了這個，我就能消除自身的存在並偷聽他人的對話之類，做起來簡直易如反掌。

「希望君塚不要嘗到甜頭後，就用這招潛入女生澡堂啊。」

「這麼真實的想像毫無必要。快住手，別用嚴肅的表情合掌祈禱啊。」

就在我們如此對話時，電梯終於抵達目的地的樓層。我們就這樣直接前往病房，下定決心後踏入其中。

結果，映入眼簾的是——

「這就是梅杜莎的受害者嗎？」

躺在病房裡的，是一名看似四十多歲的男子。

我們悄悄走近他床邊。

那位躺在病床上的男子，只能做出自主呼吸，以及偶爾眨眼的動作，不要說開口交談了，就連手指頭都動不了一根。或者，用**石化**來形容這種狀態並不為過。

「陷入植物人狀態了嗎？」

根據他人轉述，這位男子是在大約一週前住院，跟《聖典》所記載《梅杜莎》出現的時間亦吻合——果然那個未知的怪物，是用某種力量讓這位男性變成石像的吧。究竟是何方神聖，為了什麼目的——不過，當我像這樣動腦思索的時候。

「喂，君塚。」

夏凪注視著躺在床上的男人臉孔這麼說道。

「我們是不是，曾在哪裡見過這個人？」

果然在這個世界，並不存在沒戲分的臨時演員。

◆故事在此分歧

那之後我們繼續對此事調查。

向住院男子的主治醫師詢問詳情，此外，還去探視其他因相同症狀被送來的住院病患。一般說來醫生必須為病人的病情保密，所以理論上是打聽不出什麼，不過有了夏凪的**紅眼**就很容易讓醫師開口了。

接著綜合收集來的資訊與間接證據，我跟夏凪討論的結果，得到了一個梅杜莎真實身分與犯罪動機的假設。很巧地，這個假設是只有我跟夏凪才能想出的答案。

隨後，兩人在夏凪的要求下再度造訪某個場所。

「終於能來這裡了。」

夏凪喃喃說出的這個地點，是位於英國郊區的某座教堂墓地。

夕照下的寬廣草原上，墓碑等間隔地整齊排列。

接著夏凪走到其中一塊石碑前屈膝蹲下。

「真抱歉我來遲了——黛西小姐。」

黛西・貝內特。

這是一年前，發生在倫敦的一系列《魔鬼傑克》事件中，五位犧牲者裡的最後一人。已經悼念過其他四人的夏凪，正對最後一位亡者獻花。

「夏凪。」

我將手輕輕放在她肩上。

「……嗯，我知道。」

一年前，在倫敦所發生的連環殺人事件，其凶嫌，正是夏凪的另一個人格海拉。當時海拉在跟希耶絲塔第一次交手時心臟受重傷，為了活下去才奪走五人的性命，把那些人的心臟當電池一樣消耗。

然而這些犯罪並非出於夏凪本身的意志，而是海拉的獨斷獨行。就某個角度來說，夏凪也是人格跟意識被搶走的受害者。

「我已經接受了那段過往，並在這個前提下，我要盡可能償還。」

如今夏凪的側臉，毫無一絲悲愴感。

此外，她還懷抱著某個隱密目的才造訪這個場所。

「因此，不必擔心我，君塚去做自己那部分的工作吧？」

夏凪對我露出笑容，並催促我離開這個地方。

「這樣真的好嗎？不會因為我不在而感到寂寞？或是在半夜哭泣？」

「我又不是小孩。又不像找不到希耶絲塔身影就在家中四處亂竄的君塚。」

不要說得妳親眼見識過一樣，那樣的過去並不存在……大概吧。

「況且，你也已經找到鑰匙了對吧？」

「……是啊，**很偶然地就在這個時機**。」

沒錯，其實在前往這座墓地的途中，我的手機接到通知，之前被偷的錢包跟萬能鑰匙都找到了。看來**某人的意志**，是希望我跟夏凪在此暫時分開行動。真是的，試圖把偵探跟助手的聯繫切斷還真是膽大包天啊。

「君塚，你太愛操心了吧。」

事實上我並沒有那個意思，或許是情緒不小心表現在臉上了吧。抱著膝蓋的夏凪，凝視我露出苦笑。

「放心啦，畢竟等一下，我也不是單獨一人。」

「……是這樣沒錯。」

對啊，就算我離開這裡，夏凪也不是一個人。

下定決心跟夏凪並肩作戰的，現場確實還有**另一號人物**。

「那麼，有什麼事就馬上跟我聯絡，我會駕駛巨大機器人趕來。」

「嗯，拜託你遵守世界觀的規模好嗎？難道都不反省一下過去的教訓？」

就算妳這麼吐槽，這個世界也變成非得跟外星人、吸血鬼，以及不知名的怪物交手不可了。讓我偶爾胡說八道一下也無妨吧，偶一為之罷了。

「那麼，待會見囉。」

「嗯，待會見。」

就這樣我們簡短地告別後，我轉身離開現場。

我相信，她們一定能順利解決等下理應要發生的事。

◇故事主角（敘事者），交班

君塚離開後，大約過了十五分鐘左右。

「哎呀，妳是小女的朋友嗎？」

一位看似六十多歲的女性，捧著鮮花朝這邊走來。

我原地站起身，向她打招呼。

「恕我久未問候了——羅絲．貝內特女士。」

羅絲．貝內特——她是《魔鬼傑克》事件第五位受害者黛西．貝內特的母親。

一年前，我跟君塚在追蹤此案的犯人時，曾跟希耶絲塔一起造訪貝內特家。

「上次在您逢喪之時冒昧打擾，真是感到萬分抱歉。」

這時，我再度深深一鞠躬。

當初這位女士因為女兒之死精神太過疲憊，還在我們面前暈倒。

「……呃，那個，這位小姐，我們以前見過面嗎？」

結果這位女士卻露出帶著困惑的微笑。

但仔細想想這也不能怪她。當初我造訪她家時，是透過地獄三頭犬的種化身為愛莉西亞的模樣，跟我現在的外表無法連結在一起也是理所當然的。

「……不過話說回來，距離那起事件也過了一年以上呢。」

我一邊掩飾剛才的對話破綻，一邊注視在墓碑前放下鮮花的羅絲女士。

「真是光陰匆匆。那段痛苦的日子也逐漸變成往事了。」

羅絲女士這麼答道，臉上浮現歷經艱辛的微笑。

「當時悲痛尚未痊癒，卻還得每天面對為事件緊追不捨的媒體記者。」

「是啊，我也聽說了。那之後，**還有個議員**。」

我說到這，對方的臉頰肌肉頓時一陣抽搐，表情也僵住了。

我指的是，有個男的想繼承原本是當地議員的黛西・貝內特位置而出馬競選。他在演講時聲淚俱下，表示要繼承黛西・貝內特的遺志，所以順利高票當選。然而他那麼做不過是**演戲**罷了，背地則以違法的政治獻金斂財，還偷偷嘲笑黛西・貝內特是「一塊好的墊腳石」。

「……是嗎，小姐，妳對這件事很熟啊。妳是從哪調查到的？」

簡直就像偵探一樣──羅絲女士站起身並半開玩笑道。

「不過，我已經沒事了。他們大概也反省過了，最近好像變得很安分。」

「是這樣、嗎？」

「啊，對了。老實說，今天是小女的生日，我很高興除了我還有人惦記著我的女兒。」

羅絲女士並不介意我那種模稜兩可的應付聲，只是臉上浮現柔和的笑容。

「是的，我知道。」

沒錯，今天是黛西・貝內特的生日，這點我來這裡前就調查清楚了。此外英國並不像日本那樣有在盂蘭盆節集中掃墓的習俗，所以經常會挑選故人的生日等時期來墓前獻花。

因此，我才猜測今天羅絲・貝內特會來幫女兒掃墓的機率很高。說穿了，我會跟她見面並不是偶然，而是專程為了跟她見面才跑這趟的。

「羅絲．貝內特女士，您就是梅杜莎吧。」

我冷不防將這樣的假設拋給她。

「……呼呼，妳在說什麼呀？」

結果羅絲．貝內特依然掛著淺淺的微笑，閃躲我的質問。

「我知道街上好像在傳說**類似的事件**，但為什麼我就是那個梅杜莎呢？」

她掀起嘴角，提出這個理所當然的疑問。

為什麼我主張羅絲．貝內特就是那個怪物《梅杜莎》？假如我的猜測是真的，那羅絲．貝內特又是出於什麼動機成為了讓人們石化的《梅杜莎》——

「答案正如我先前所說的。」

沒錯，剛才我跟羅絲女士提到，那些害她痛苦的媒體記者跟男議員。而這群人，正是我今天跟君塚在醫院探視過的梅杜莎被害者。尤其是那個男記者，一年前我曾在貝內特家門口遇過一次，印象深刻。

此外除了那兩人，還有許多疑似梅杜莎的受害者……經過調查可以得知，他們全都是跟黛西．貝內特有過糾紛的對象。要說有哪號人物會對這些人保持恨意的話。

「羅絲女士，您成為了梅杜莎，動手除掉令千金的敵人……不，應該說是為了對那些踐踏令千金名譽的傢伙，報一箭之仇。」

某天，自己最寶貝的獨生女突然死了，變成一具再也無法說話的遺體。

因此，至少對那些在女兒死後還想汙辱她的存在，要施加懲罰……讓他們變得跟石像一樣冰冷，承受跟女兒相同的痛苦。梅杜莎這個怪物就是如此誕生的。

「就這樣？」

羅絲・貝內特的笑容不知何時消失了，露出嚴峻的表情逼近我面前。

「剛才那些，不過是妳的臆測罷了。除了羅列一些老套的動機外，並沒有任何具體的證據。」

「……嗯，在這裡的確找不到證據。」

不過——我繼續說道。

「如果去府上找，一定可以搜出毒藥才對。」

我們在來這座墓地前，已經從醫院的醫師那詢問過梅杜莎被害者的詳細病情。這是我用紅眼能力打聽到的事實——那就是，被害者的體內都查出了相同的**某種毒素**。

而且根據君塚表示，他兩年前左右，在森林中洋房所遇見的屋主，其使用的毒氣也是這種成分。

也就是說，很明顯這次的**梅杜莎也是使用特殊毒藥**，讓鎖定的對象陷入意識障礙。這麼一來，就算我們不去搜查，總有一天那些物證也會被官方找到才是。另外——

「羅絲夫人，我是想聽您親口說出真相的。」

老實說在來墓地前，君塚曾提議等握有確切證據後再行動，但我卻搖頭婉拒了。我寧願選擇說服羅絲·貝內特這條路。

「……誰叫我就是無法原諒那些人啊。」

這時，羅絲·貝內特露出了隱約帶有幾分無奈的微笑。而她的這份無奈，鐵定不是針對我，而是一種自嘲。她也很明白，自己的行為是不對的，這點根本不必我去質疑她。但即便如此——

「沒錯，就是我。我肯定就是你們所說的怪物——梅杜莎。」

身為母親，無法原諒那些踐踏女兒名聲的存在。因此她才使用毒藥，讓那些人陷入意識障礙。

「妳是怎麼獲得那種毒物的？」

我詢問她取得的管道。那絕不是在日常生活中能接觸到的玩意。

「……不知道是什麼時候，某天我突然發現，那些東西就在我的信箱裡。」

羅絲・貝內特眼神空洞地這麼喃喃說道。

果然是有人唆使她這麼做的……唔。

「吶，妳告訴我。」

女士有如尋求什麼寄託似地對我問道。

「某一天，我的女兒突然消失了，化為無法開口的骨灰。無論怎麼跟她說話，那孩子都不會再回答我。明明如此，為什麼還要讓那些破壞她名聲的人，繼續胡言亂語呢？封死那些人的嘴巴究竟有什麼錯？」

說到這，她揪住我的肩膀……不過沒多久，她的手便無力地鬆軟開來。

羅絲・貝內特，絕不允許有人褻瀆她死去的女兒。她的獨生女已再也無法為自己辯駁，但那些一無所知的外人還要任意臆測或為了私利大聲嚷嚷。為了抗拒此一現實，羅絲・貝內特變成了怪物。

——對這樣的她，我該說什麼才好。

君塚評價我是個感性的人，然而就算用言語承載我胸中奔流不息的情緒，又能拯救這位女士嗎？曾幾何時，握著手槍的小唯也被我說服了，但這一回，我的言語還能像之前一樣，成為讓這位女士重新站起來的支柱嗎？

——答案是，否定的。

因為，我過去就沒能拯救羅絲·貝內特。一年前，我在她家吶喊出的激情，只差一步，就能傳達到她心中了……不過失敗也是理所當然的。當時的我，外表完全就是一種偽裝，甚至連自己犯下的過錯都無法理解。像這樣的我想要拯救別人，簡直是傲慢到了極點。

——既然如此，我該怎麼辦才好？

究竟有誰的言語，可以拯救這位女士？誰才有資格幫這位在獨生女墓碑前崩潰落淚的母親擦乾眼淚……答案，只有一個。

「拜託，請借給我力量。」

我將束著頭髮的紅色緞帶取下，懇求另一位搭檔。

◇來自海姆冥界的口信

「我一開始不就說讓我來了嗎？」

我手抓紅色緞帶，對沉睡於這個身軀某處的主人意識如此埋怨著。真是的，之前吵架簡直是白費力氣。主人的感性……不對，應該說頑固，簡直是讓我連嘆氣都懶了。

「妳是、誰？」

這時，蹲在墓碑前的女士抬頭仰望我。

我**只是內在人格切換而已**，外貌並沒有改變……但或許是我的眼神太過凶惡，才會被對方察覺到吧。

不過話又說回來，我究竟是誰，誰又是我？

原來如此，老實說這個問題很有哲學的意味。

「天曉得啊，我就是我啊。」

我為了完成主人的心願，俯瞰癱坐在地上的那位女性說道。

「妳所持有的那個不過是**劣質品**罷了。雖說也是毒藥，但效果並非永久的，如今陷入意識不清的那些人，應該不久後就會清醒吧。」

那種毒素的真正源頭，是來自某位被父親大人的《種》所寄宿的《SPES》

成員體內。

而那位**半人造人**的代號是，水母。

學名則是——梅杜莎。

雖說**水母的毒素**是經過一段時間就會失效的類型，但那傢伙為了賺點零用錢，還是在《SPES》的底層兜售那玩意。

這回，她應該是因為失去女兒才會被對方趁虛而入吧。或許就她的觀點，這種毒藥甚至很有吸引力也說不定。但願她還沒有遭到對方勒索金錢……不對，我並不是處在可以為她擔這種心的立場。

「唔，妳再靠近我就開槍囉！」

就在這時，羅絲．貝內特從擱在腳邊的皮包裡取出一把手槍。

「原來如此，連這種東西都入手了嗎？」

看來我的登場反而讓情勢惡化了。

跟人類對話，並不如我想像中那麼順利。一想到這樣下去會被主人斥責，我就自然而然露出苦笑。

「……唔！」

但或許是對此感到不快吧，羅絲．貝內特用顫抖的手舉起槍。

老實說，我覺得被子彈射中也好。甚至我認為她完全有對我開槍的權利。如果想復仇就趁現在。

——不過。

「**那枚子彈無法擊中我**。」

下一瞬間，她擊發的子彈嚴重偏離我這個目標，只有乾裂的槍響與硝煙殘留在空蕩蕩的半空中。

「雖然很抱歉，但我不能讓主人死。」

「別過來……」

羅絲·貝內特一臉懼色，因腿軟而用癱坐在地上的臀部朝後挪動。

她以為我會殺她嗎？

……啊啊，不過也對啦，我們《SPES》是追隨父親大人、追隨生存本能，並利用《種》的特殊能力，向這個星球的人類們痛下毒手。對這樣的我們，懷抱本能上的恐懼感也是理所當然的吧。

「然而，那不是我現在站在這裡的理由。」

主人把我叫出來不是為了做那個。

我會在此出現的理由。

是為了主人辦不到，只有我辦得到的事。

沒錯，主人目前還無法完整運用沉睡在這個身軀裡的《種》。紅眼不過是觸發器罷了，真正的種之力，隱藏在我的喉嚨——也就是聲音當中。

「我的能力真面目是《言靈》——在發出的言語中含有靈力。」

父親大人所生出的《種》，會帶給人體器官特殊的力量。而我們這些《SPES》的成員，則會在父親大人的指示下不斷攻擊人類。

不過，假使。

這種特殊能力，除了傷害人類以外還有其他用途呢。

如果我的這種《言靈》能力，還能成為拯救人類的力量呢。

「住手，別過來……黛西……」

羅絲．貝內特仰望逐步逼近的我，她想必是在無意識中喊出了獨生女的名字吧。然而我只是彎下膝蓋，配合她的視線高度。

啊啊，是嗎？

這就是人類的恐懼情緒嗎？

一年前，她的女兒也是像這樣畏懼我吧。

在倫敦的街道上，當時我陷入了堪稱恍神的狀態，結果等我振作起來時，眼前已經有一具遺體。我為了這具身軀……為了拯救主人的性命，才從遺體中拔出心臟。不斷重複、不斷重複著。那五人臨死之前，應該都對我充滿了恐懼吧。

「抱歉，讓你們受驚了。」

我對眼前正在顫抖的羅絲・貝內特說。

也是對隔了一年的那五人謝罪。

「……？」

但羅絲・貝內特似乎不懂我的用意，依舊睜大不安且搖曳不定的雙眼……果然，還是無法順利溝通啊。

我並不是能透過知識和經驗不斷求出最佳答案的理性與正義使者，更不是透過激情企圖實現崇高理想的名偵探。

沒錯，我不過是個冒牌貨。

是某一天，開始寄居夏凪渚這位少女體內，某種沒有形體的意識集合。

我那種想被人需要的期望……一旦這個立足點沒了，我這種虛幻的存在就連一陣風也能輕易颳走。

「不過現在，我又有了立足點。」

我緊握手上那條紅色緞帶。

此時此刻，我正站在被主人所需要的立場上。

沒錯，我無法模仿那位白髮的名偵探，也跟很適合戴這條緞帶的主人截然不同。正如先前說過的，我就是我。

因此，我如今要完成只有我才能辦到的使命。

那必定是我所被賦予的權利，也是我必須達成的義務。

「羅絲．貝內特，這並不是出於我，而是來自她的贈禮。」

我的能力是《言靈》——言語中隱含靈力的我，可以跟接觸過血液的對象交談。而一年前，我在更換心臟時接觸過對方——黛西．貝內特的鮮血，也因此**記下了她臨死前的最後遺言**。

「她必定這麼說過。」

火紅的夕陽下，矗立於草原的墓碑前。

我蹲下身子，將黛西．貝內特的遺言傳達給她的母親。

「我愛您，Mom。」

我名為海拉。

代號是——地獄（Hell）。

那是在生者與死者之間架橋，統治黃泉國度的女王之名。

◇**為這份感情命名**

視野猛然一亮，夕照下的橘紅色光芒映入眼簾。從遠處傳來的蟲鳴聲，讓我明白自己的意識再度回到這個身體裡了。

「……海拉。」

我方才召喚出的搭檔，如今順利完成任務，似乎已回到體內的某處了。

「哎呀。」

同時，羅絲·貝內特搖搖晃晃地倒在我的肩上。

接著她在緊閉雙眼的狀態下——

「——黛西。」

喃喃喚著已故的獨生女之名。

最後她像失去意識般，躺在我的懷抱中陷入沉眠。

「對不起。」

在事件剛發生的那時，沒能拯救到妳。

想起一年前我也曾像這樣抱著她，便不禁如此謝罪。

之後我讓羅絲女士稍微靠著墓碑，自己拿出手機叫計程車。只要讓她回家休息一段時間，她一定會很快甦醒吧。

說到甦醒，那些被她投毒而陷入意識障礙的人們，根據海拉的說法，只要經過一段時間應當就會自然恢復。也就是說，事件到此算是解決了。

「然而光是這樣還不能算是完全贖罪。」

我再度對墓碑雙手合十，並不是以自嘲的角度，而是抱持覺悟喃喃說道。

光是這樣就足以赦免一年前的罪過，當然不可能。就算我之後做得再多也不夠。但即便如此，我所能做的，就是不要被《偵探》的立場設限，盡量繼續拯救他人。

而目前我該全心投入的任務，就是打倒席德——以及讓希耶絲塔復活。尤其是後者，更是超越那位完美無缺的名偵探設想，堪稱是奇蹟。為了實現奇蹟我必須——

「拜託你了，君塚。」

光靠我一人的力量絕對無法實現，所以，一想到此時此刻那位可靠的搭檔正在為了線索而努力，我就不禁仰望天空。

君塚君彥——除了是我的助手，也是跟我搭檔的男生。

幾個月前我們在放學後的教室邂逅，但總覺得自己不是跟他第一次交談。之後才明白，理由是因為我左胸內的這顆心臟，曾經跟他一起度過三年的旅程。

因此跟他相見時心臟才會異常激烈地鼓動，這並非出於我自身的感情——我是這麼告訴自己的。然而——其實一年前，我就在這座城市倫敦跟君塚相遇了。而且那時，被困在幽暗中的我，被他的言語所拯救。既然如此，現在待在他身邊心跳依然會加速的真正理由就是……

「什麼嘛。」

答案就快水落石出，我卻縮回揭開真相的手。

至少現在做這種事，總是很難擺脫犯規的嫌疑。

所以，一切要等。

「等希耶絲塔回到人世再說吧。」

我這麼說服自己，並朝君塚目前所在的場所邁出步伐。

——而從遠方天空傳來微弱的爆炸聲，也剛好是在這個時候。

【Side Yui】

君塚先生跟渚小姐去倫敦了，此外加瀨小姐也和夏露小姐離開這間屋子。這麼一來就只剩我跟蝙蝠先生留在加瀨小姐的公寓裡。

是說，我們的預定計畫是讓蝙蝠先生為我特訓，促使我《左眼》的能力覺醒。沒錯，本來應該是那樣才對……

「啊啊，這個看起來也相當高級嘛。」

但當事人蝙蝠先生，卻從酒櫃取出看似很昂貴的紅酒試喝，臉上露出滿足的微笑。那麼，特訓的事還有下文嗎？

「擅自開紅酒，不會惹加瀨小姐生氣嗎？」

我坐在蝙蝠先生的正對面問道。

「不必在意。我可是被那女人關在監獄很久很久，這一點奢侈的享受她應該會允許才對吧？」

蝙蝠先生這麼說並輕輕搖晃紅酒杯。

這種從容自若的姿態，讓人覺得他真是一位狂野的帥氣大叔。這種成熟男性的氣息，君塚先生是怎樣也學不來的。

「等等，我可沒有被你敷衍過去！特訓的事呢，不是要特訓嗎！」

我放棄一直扮演的裝傻角色，直接對蝙蝠先生逼問道。

「趕快修行吧！例如跑到某座深山裡！待在瀑布的水流下打坐！這樣就需要泳裝吧！啊，不過如果我淪為性感寫真女星，在天堂的父親跟母親一定會擔心的，所以泳裝ＮＧ！」

「妳覺得我從哪句吐槽起比較好？」

哎呀，看來不知不覺當中雙方的角色互換了。

「別急，等我乾了這杯也不遲。」

蝙蝠先生非常從容，就像早就料到之後會發生什麼事一樣，只見他悠哉地慢慢含著紅酒。

「那麼蝙蝠先生，為什麼你要擔任指導我的職務？」

反正特訓也不會馬上開始的樣子，趁機跟他聊一聊也無妨吧。沒錯，難得有這個機會，我也想跟帥氣大叔好好聊天。

「因為我們在打倒《ＳＰＥＳ》這件事上利害一致，這點我以前就解釋過了吧？」

……結果，蝙蝠先生異常地冷淡。

太奇怪了，如果是君塚先生，一定會說個沒停直到我這邊受不了為止。不對等等，那個跟其他女人去國外悠閒旅行的傢伙，我才不想管呢。

「不過，難得有這個機會，我也想問妳一個問題。」

這時輪蝙蝠先生主動開口了。他放下玻璃杯質問道。

「妳真的不想為雙親報仇嗎？」

我認為他已經喝了很多酒，但這個問題並不是一時喝醉才脫口而出的，看來是他真心想知道我的想法。或者說，他就是為了知道這個問題的答案，才會刻意安排只有我們獨處的場合……不過也可能是我想太多了吧。

「即使殺害家人或同伴的仇人就出現在妳面前，妳也不會扣下扳機嗎？」

蝙蝠先生再一次確認道。

「唔——我也不曉得。拿上次的狀況來說，畢竟蝙蝠先生或變色龍先生也不是我直接的弒親仇人……除非實際遭遇那樣的場面，否則我也不知道自己會怎麼做。」

回憶起前幾天在電視臺屋頂發生的那件事，我如此答道。

「是嗎，妳還真冷靜。」

「會嗎？不過我覺得自己之所以能這麼說，是因為如今我眼前並沒有殺害雙親的仇人。就如我抓起麥克風代替手槍一樣，視情況的不同，我也可能扔下麥克風抓起手槍。」

「妳的意思是妳不想只為復仇而活，但也不完全排除復仇的選項是嗎？」

「是的，我覺得最後只會取決於自己當下想怎麼做。」

我之前的確對君塚先生說了很動聽的場面話，但實際上當時我還在遲疑。幸好之後經歷了那些事，有君塚先生支持我，現在的我已經能堂堂正正、充滿自信地這麼說。

「因此，我的人生並不會只剩下復仇這件事。我想過著當初父母期待我過的生活。」

「這跟被死者所束縛有什麼不同嗎？」

「大不相同唷。」

是的，兩者並不相同。唯獨這點我可以抬頭挺胸地說。

「畢竟此時此刻的我，就是這麼想的！」

因此毫無疑問，這是我的意志，也是只有我能決定的想法。

「——是嗎？」

蝙蝠先生若有所思地低聲咕噥道，接著將杯中剩餘的紅酒一飲而盡。

「呃，剛才我的答案還可以吧？結果好像變成我在唱獨角戲。」

不知為何我突然感到不好意思起來，於是對蝙蝠先生這麼問。

「當然，老實說很值得參考。此外我也確定小姐妳並沒有真的離開父母親獨立生活。」

「為、為什麼結論是這個啊！你真的有仔細聽我說話嗎!?」

「我剛才那句話是正面的意思，妳別介意。」

「就算加上這種補充也無法騙過我！我一直是盡量以成年偶像的姿態為賣點的，請不要讓我的形象變得孩子氣！」

真是的，這個大叔真壞心。竟然欺負我這麼年幼稚嫩的女孩，性格惡劣的程度簡直跟君塚先生有得比。

……不知為何，總覺得從剛才起，我就一直忍不住想起不在這裡的君塚先生。那個男的真是罪孽深重啊。沒錯，真受不了他，能不能快點回來呢。

「哈哈，那麼愉快的話題就到此為止了，開始特訓吧。」

儘管臉色沒變紅，但搞不好已經喝醉了。只見性格變得較為開朗的蝙蝠先生，在此終於切入正題。

「聽好囉，我首先要教給小姐的，是關於人體動作的基本知識……」

「啊，感覺這個會講很久，我可以一邊泡澡一邊聽嗎？反正你待在這邊大聲說我在浴室也能聽見！」

「虧妳有臉提出這種過分的要求啊。」

「呼呼，這個吐槽不賴！」

感覺很順利呢。有個年紀相差較遠的朋友也是件好事。

這之後一定還會跟蝙蝠先生相處很久——不，只能說希望是那樣就好了，我一邊這麼想一邊開始豎耳傾聽他的話。

「啊，對了，蝙蝠先生的本名是什麼呢？我想起一個有趣的姓名測算遊戲。」

「我現在說這個好像有點奇怪，不過妳什麼時候才要開始特訓啊？」

【第三章】

◆世界的守護者

我跟夏凪分開後，獨自去取回被偷走的錢包跟鑰匙，因此而來到某個場所。電話裡提到的地址應該就是這裡才對……然而。

「這裡可沒留給我什麼美好的回憶。」

矗立在我眼前的建築物不是什麼警署——而是英國的中樞，西敏宮。大約一年前，我被海拉綁架到這棟建築物的地下監禁起來，之後又以那座鐘塔為舞臺，上演了希耶絲塔跟海拉的激烈戰鬥。

「只能硬著頭皮進去了。」

我回想那些往事，踏步邁入其中。

這時，很快出現一位身著西裝的英國紳士，領我去一般人禁止進人的區域。隨後他請我搭上一部專用的電梯，自己則行了一個禮後離去。看樣子，**把我叫到這裡**

來的人物，就待在這座宮殿附屬的尖塔——伊莉莎白塔上。

「哎呀，事先的鋪陳也太漫長了吧——米亞・惠特洛克。」

電梯上升的過程中我自言自語道。

沒錯，之後等待我的人物是誰，根本不需要任何推理。更何況，取走我的錢包……不，應該說取走錢包裡鑰匙的人，就是那位空服員奧莉薇亞吧。她的目的只有一個，就是檢驗我們是否有資格跟米亞・惠特洛克見上一面。

奧莉薇亞在飛機上偷走鑰匙，誘導我們採取後續的行動，還故意讓我們發現那本《聖典》。至於能否順利解決梅杜莎事件，則是對我們的最終判斷基準。當她得知我跟夏凪已經查出梅杜莎的真實身分，並即將解決案子時，就主動向我取得聯絡。因此，待會等我的人，必定是那位《巫女》——米亞・惠特洛克。

「一想到被人玩弄於股掌之間到這種程度，我反而懶得生氣了。」

是說這也到此為止了。等一下，她若不達成我的要求我就絕不罷休。

我如此發誓，並等待電梯門打開——門開啟後，一道螺旋狀的階梯映入我眼簾。在昏暗的光線下，我登上階梯，持續往高處爬升。

——隨後。

「就是這裡了嗎？」

眼前出現一扇門。

我下定決心，轉動門把。

「……唔！」

一陣風襲來，我忍不住掩住臉部。

強風伴隨著呼嘯聲。這種風勢，讓我很快想起，自己登上了距離地面百公尺以上的高度。

一道橘紅色的光線，鑽入了我覆蓋臉龐的手，以及緊閉的眼皮。

「……這裡直接通往室外喔？」

之後，我逐漸適應風勢以及刺眼的陽光，這才終於睜開雙眼。我所站的位置，是一處像是飯店客房的房間。而在我的正對面，有一個類似露臺的場所，一位少女就像想對倫敦市區一覽無遺般佇立在那邊。

她身著白衣搭配緋褲的巫女裝束。

在逐漸西沉的夕陽照耀下，這位守護世界的《調律者》正君臨鐘塔上。

「誰？」

這時，或許是察覺出我的氣息吧，少女往後回過頭。

泛青的秀髮搖曳著，如洋娃娃般渾圓的美麗雙眸則訝異地瞪大。

「終於見到妳了，米亞・惠特洛克。」

我邊朝這位世界的守護者靠近邊說道。

「請告訴我改變未來的方法。」

那是為了讓希耶絲塔重返人世，迎向一個所有人都期盼的故事結局。

◆世界的終結，渥爾娃的預言

「那種未來，並不存在。」

從巫女服換成便服的米亞‧惠特洛克，一邊將書本放回占據一整面牆壁的巨大書架上，一邊冷淡地對我說道。

我好不容易才抵達據說能看透未來的她面前，等待對方完成每天傍晚在鐘塔上的例行工作，並獲准跟她在這個房間面對面交談。本來以為，我的目的應該會就此達成才是……

「未來是絕對不變的。無論我們怎麼掙扎，最終故事的結局都不會改變。」

少女以淡漠的聲音如此告知，接著轉身背對我，踮起腳想把書放回高處的架上。

「這裡只有妳一個人嗎？我還以為會有隨從在。」

我從她背後一把抽走那本書，代替她放回書架並問道。好比把我引導到這裡的人，也就是那位空服員奧莉薇亞。不過先不管那個了，首先要請她還我錢包跟鑰匙才行。

「……我也是受害者呀。」

米亞繃著那張洋娃娃一樣的可愛臉孔，從二十公分以下的位置朝上仰望我。

「不知為了什麼目的，奧莉薇亞擅自想撮合我跟你們見面。」

原來如此。的確，在那架客機上，奧莉薇亞看起來也像是很希望我跟夏凪見到米亞。

「也就是說我本人並沒有事找你們，對你們也毫無興趣。如果可以我不想看到你的臉，也不想跟你呼吸相同的空氣。可以請你快點回家嗎？」

米亞迅速從我身邊滑走，再度開始整理書本。

……竟然厭惡我到這種程度。不，與其說她討厭我這個人，不如說她迴避著外界所有的人。我猜的，一定是那樣吧。

「很抱歉，我沒實現目的是不會離開的。」

這時我拿起堆放在桌上的書籍問道。

「米亞・惠特洛克，這是《聖典》吧？」

沒錯。除了我跟米亞手上那些，包括牆壁上那一整面書，全都是。

「我有什麼理由非得回答不可？」

「我的搭檔，正按照奧莉薇亞的指示處理事件。」

是的，假使那本《聖典》是米亞．惠特洛克方面刻意放在我們的旅館房間，而上頭記載的難題也被夏凪渚解決了，那現狀應該對我們的立場有利才對。此外順便提一下，我現在也在幫她做整理書庫的工作。

「……你以為這種強迫推銷的恩情會有用嗎？」

但即便如此，米亞還是很無奈地輕嘆了口氣。

「是的，沒錯。共有十萬零兩百七十九本——在這裡的所有《聖典》，都是由包括我在內的歷代巫女所編撰。」

說到這，她輕輕指著房間內並排的書架。

「我的預知未來能力，雖說只能看到片段，但也能預先發現世界的危機。由於這種能力我就任《巫女》之職，還被賦予了要把遲早會來的世界末日(Ragnarok)記載在《聖典》上的任務。」

果然正如風靡小姐所說，《巫女》具備能看穿未來的能力……這麼一來，達成我目的所不可或缺的力量，很可能就在她身上。

「嗯，就算能預見未來也無法改變未來，所以對大部分人來說，知道這個也沒有用就是了。」

但米亞卻如此評價自身的能力，用手撥了撥青色的秀髮。

「擁有這種力量的，除了妳以外還有別人嗎？」

我終於忍不住停下手邊工作，前傾著上半身湊向米亞詳細問道。

「你沒在幼稚園學過『不工作就沒飯吃』這個道理嗎？」

這時米亞逕自深陷入一張高背椅，緊閉雙眼如此告訴我。

「幼稚園才不會教這個，別把三歲小孩當奴工好嗎？」

不過那可能是指，如果我想要她回答問題，至少得先幫她完成工作的意思。雖然不清楚擺放的規則是什麼，但我還是依照米亞的指示將書一一上架。

排列在架上的書背，包含了《Viral Pandemic》、《World War Ⅲ》，甚至《Vampire Rebellion》這些聳動的標題。那些或許是指由十二位《調律者》防患於未然的世界危機吧。

「附帶一提，《聖典》是第一級機密物品——你雖然可以閱讀，但也要做好再也無法安心入睡的覺悟。」

「別用爽朗的表情告訴我這麼可怕的後果啊……」

看來當我未經許可打開這些書的那一天，我就會被更上層的存在抹殺掉。

我的臉頰抽搐著，同時將標題寫有《Alternate History》的《聖典》放回架上。

「擁有這種能力的人，全世界同時只會有一個。此外當那人死去後，這項能力就會以後天出現的形式瞬間轉移到另一個人身上——就像是神的祝福一樣。」

當我在工作時，米亞趁機回答了我先前的質問。

「這些書的原典是出自北歐神話中的女薩滿——渥爾娃。以她為先祖，過去幾千年來歷史中誕生了大量的《巫女》。你們那個國家也有《巫女》喔，我忘了她叫什麼，只記得她的名字裡也有《miko》的音節。」

米亞所指的，恐怕就是一千八百年前倭國那位會使用占卜的女王吧（註2）。過去海拉提過的印度聖人投山仙人，想必也是同樣職位的其中一人。

「那米亞妳又是什麼時候擁有這種力量的？」

「已經是十年前的事了吧。有一天我就像是夢囈一樣，說出某種自然災害快發生了……被我的雙親聽到後，事情就這麼展開了。」

除了自己這種預言能力的詳情外，米亞也一併提及了自身的過往。

「像是預言的某種畫面，會突然在我的腦海裡冒出。我幾乎是無意識地將那種

註2　這裡指的是卑彌乎（Himiko）。

畫面言語化，或者在紙上寫下內容。就像這樣，我開始預言大規模恐怖攻擊、重要人士的性命危機等等——最後被眾人視為神之子。」

「神之子……是被誰捧出來的嗎？」

我這麼一問，米亞突然露出自嘲的笑容。

「沒錯，你猜對了。只不過你說的那個『誰』，其實就是我最親近的雙親。他們看上我這種能力，想讓我成為新興教派的教祖——並以此賺錢。」

能看穿未來的神之子——這樣的存在就等於搖錢樹，人們會產生這種念頭可說是理所當然的。但對米亞來說，更大的不幸是動這種歪腦筋的人就是她親生父母。

「抱歉打斷妳的話，米亞，這個怎麼處理？」

我這麼問，手中抓起一捆用繩子固定在一起的十幾張紙。跟其他《聖典》不同，這些紙沒有封面，只有第一張上用手寫體寫了《Singularity》。

「那是垃圾啦。」

……雖然應該跟我無關，但總覺得拿著那些紙的我也莫名其妙一起被罵了。

「反正寫在那上面的事不會發生。」

也就是說，這些紙跟《聖典》無關吧。不是聽說《聖典》只會記載未來一定會發生的事嗎？不過我還是姑且按照米亞的指示，將這捆紙放回原位。

「不過我的能力頂多就是預見世界的危機罷了，根本不可能像算命師一樣占卜每位信徒的個人將來。」

米亞繼續剛才的話題。她的雙親，藉由獨生女這種預知未來的能力開創了新興宗教——然而。

「這種宗教能成立嗎？那些信徒，是希望神之子可以幫他們預言吧……」

「沒錯。因此我的雙親，經常會捏造一些神諭，並藉此詐取信徒的錢。如果不聽他們的話就會受到天譴——以這種隱晦的威脅方式。」

那簡直就像典型的邪教。米亞的經歷，其實在世界各地都有類似的例子——只不過，那也是任何一個地方都不該上演的悲劇故事。

捏造神諭，並試圖從信徒手中詐取金錢的米亞雙親。儘管當事人米亞再三反對這種做法，但每次大人們都會修理她——威脅「事到如今妳還能捨棄那些信徒嗎」云云。

當時還年幼的米亞，絲毫沒有抵抗的餘地，被關進地下室，只能眼睜睜目睹雙親沾染罪惡。不過，這樣的日子還是以最糟糕的形式畫上句點了。

某天，被虛假預言詐騙大量金錢的信徒，因恨意而縱火焚燒米亞的家。米亞的雙親也被熊熊烈火瞬間吞噬。

「雖然我母親做了壞事，我父親則是經常打我，但對我而言，他們還是唯一的家人——因此我拚命想拯救他們兩人。透過我這種能預見未來的能力，尋找從猛烈火舌中逃脫的方法。」

等我回過神，才發現米亞已走到巨大的窗邊。她神情虛幻而空洞的側臉，被低垂的夕日照亮了。

「但，不論我怎麼看，都看不到那兩人得救的未來。畢竟，我的雙親對這個世界來說並不重要。」

是啊，米亞所能看到的，頂多就是跟世界危機有關的景象——至於她那僅是普通人的父母，並不在能預知的範圍內。

「……所以說，只有米亞獲救嗎？」

「因為火沒有燒到地下室。」

明明我根本不想要這種類似神明庇佑的結果——米亞自嘲著。

「遇到這種情況，妳後來又是怎麼成為《調律者》的？」

失去家人，獨自活在絕望中的米亞．惠特洛克，之後是什麼時候、又是經由什麼管道就任《巫女》，與世界之敵戰鬥呢？

「距今四年半前，《名偵探》**把我偷了出來**。」

這時米亞回頭看著我這麼說道。

「……結果跟希耶絲塔有關喔。」

她所說的「偷了出來」，就上下文應該是「接受對方保護」的意思吧。也就是希耶絲塔向當時失去家人、孤獨一人的米亞伸出了援手。

「保護妳，是希耶絲塔身為《名偵探》的任務之一嗎？」

「據說原本是把這個任務交給《怪盜》，但《名偵探》卻代替他把我偷出來。她還說『只有那個男的不可信任』。」

怪盜——跟希耶絲塔旅行的那三年，我們也曾幾度與類似的傢伙戰鬥過，但現在米亞所說的應該是《調律者》之中的《怪盜》吧。記得以前《希耶絲塔》所列舉的《調律者》職位中也有《怪盜》的存在……但是。

「不能相信《怪盜》，這是什麼意思？再怎麼說他也是正義的一方吧？」

據說這世上的全部十二位《調律者》，都負有拯救世界危機的使命。儘管那群人當中，的確有《吸血鬼》史卡雷特這種不正常的存在……難道《怪盜》也是同一類的傢伙？

「《怪盜》在十二位《調律者》當中，是唯一一個明確違反**聯邦憲章**的叛徒。那傢伙如今因犯了某項大罪，被囚禁在深深的地底。而且當初只有《名偵探》一人，在事先就察覺出那傢伙的危險性。正因如此，她才沒有理會《怪盜》，決定用自己的力量把我帶出去。」

米亞所說的聯邦憲章，應該就是夏露之前提過的那個吧。似乎就是那個規範在管理《調律者》的樣子。

「怪盜究竟犯了什麼罪啊？」

我知道話題越來越偏了，但還是忍不住追問下去。既然是負責守護世界和平的正義使者，為什麼要像罪犯一樣被關起來。

「他偷走了原本只限我可以接觸的部分《聖典》。」

米亞．惠特洛克這麼表示，第一次在眼神中散發出怒意。

「然後怪盜把記載有《ＳＰＥＳ》相關預言的《聖典》賣給席德，並獲得了某項對價。」

「說到這就連接回主題了……」

席德利用《怪盜》這樣的存在，偷走了米亞的部分《聖典》。之前蝙蝠越獄時，席德也企圖找《吸血鬼》史卡雷特合作……看來早在幾年前，那傢伙就想利用《調律者》了。

透過這種方式取得《聖典》並獲悉未來的席德，恐怕也能事先預知自己將面臨的危機。希耶絲塔就是跟這樣的對手持續纏鬥，而最終她所迎來的結局會是——

「喂，你的看法呢？」

米亞冷不防朝我走來並問道。

「假使賭上一切與世界之敵戰鬥，最終迎來那樣的下場就是《調律者》的職責所在的話——那麼就算拯救了世界一次，還是會有後續的敵人現身，戰鬥絕不會輕易結束。這個世界直到走向滅亡的結局之前，只是**滅亡的方式在改變**罷了。《調律者》始終在自欺欺人，假裝能守護這個世界。像這樣的未來，你們還能抱持希望嗎？」

米亞・惠特洛克那雙搖曳不定的淡紫色眼眸逼近我面前。

這肯定就是她對我那個心願所提出的反對主張了。

『未來究竟能否改變？』

對此她的答覆是這樣。

『不論選擇哪一個未來，最後都會迎來世界的終結（Bad end）。』

然而這絕對不是一個危言聳聽的結論。米亞自幼就擁有預知未來的能力，但卻因此不斷被周遭人利用。唯一成功拯救過米亞一次的希耶絲塔，自己也壯烈犧牲了……且即便是這樣，世界之敵也沒有被消滅。米亞・惠特洛克身為《巫女》，得要一輩子持續觀看這種地獄般的未來。

「因此我決定，至少在我壽命耗盡前……或是世界迎來終結之前，我都要一直關在這座塔裡完成自己的職責。不要抱持無謂的期待，也不要妄想能改變什麼。所謂不期不待，不受傷害。我只要謹慎小心地，獨自完成《名偵探》交付的工作就好。」

就這樣，米亞・惠特洛克不待我回答就直接下了結論。

「……是啊，我現在終於理解妳的立場了。」

我站起身，並這麼回答對方。

正如米亞所言，假使只有滅亡的未來在等待我們，那不論我們採取什麼行動都是無濟於事，這樣的想法非常合邏輯。直到那個遲早會降臨的災厄之日前，米亞都不見任何人，要永遠封閉在這座鐘塔裡。不論這種日子有多麼痛苦，我畢竟沒有資格否定她的決斷。一想到這，我就——

「但是，很抱歉。我雖然可以理解妳的想法，但卻無法產生共鳴。」

我用公主抱的方式一把抱起米亞。

「……咦耶？」

米亞躺在我的臂彎中，愕然地用力眨著眼。

怎麼啦，竟然發出這種軟弱的驚呼聲，妳剛才的人設崩壞了嗎？

總不會以為，剛才那些話足以說服我吧？

「從現在起，我要教會妳未來是一種多麼無法確定的玩意。」

而就在這一剎那——這個房間，或者說這整棟建築物，響起了刺耳的警報聲。同時，先前米亞所倚靠的玻璃窗，也發出轟隆巨響碎裂了。

「怎、怎麼？發生什麼事了？」

米亞大為動搖。就在這時屋外又響起了爆炸聲，地板如地震般搖晃起來。

怎麼啦？妳連這種未來都無法預知喔？——總之，抱歉啦。

「妳以為，現在跟妳一起的是什麼人？」

我抱起米亞，衝向房間的出口。

「太小看我這種**容易被捲入事件的體質可是會讓我很困擾喔**。」

假使妳是受神寵愛的少女，那我就是被眾神拋棄的男人。

很抱歉，之後可是要把妳捲進妳無法想像的未來。

於是我把大聲叫嚷著「你想把我帶去哪裡!?」的米亞抱起，縱身跳出命運之輪的外側。

◆尋找獨一無二的未來

那之後，順利逃出鐘塔的我們，雙雙走在日影西斜的倫敦街道上。

「為、為什麼會變這樣……」

米亞・惠特洛克跟在我後頭兩步的位置，同時緊張地東張西望。先前她那種冷靜的態度蕩然無存，只能弓著背並小心翼翼地邁出步子。

「剛才那個到底是……」

鐘塔突如其來發生爆炸事故。警報聲大作，在四周火焰與煙霧瀰漫的狀態下，我們逃出了塔外。

「天曉得，搞不好是恐攻。」

「唔，為什麼你能這麼冷靜？」

米亞加強語氣，且加快腳步並排到我身邊。

「嗚嗚，突然大聲說話感覺頭好暈……」

我本來以為她終於願意抒發情緒了，沒想到米亞卻搖搖晃晃地癱坐在原地。看來她平常都是過著足不出戶的生活吧。

「發生恐攻什麼的也很正常吧。」

「哪裡正常了啊。」

米亞抓住我伸出的手，勉強站起身。

「妳要多運動一下。偶爾出來外面比較好，透透氣。」

「我不要，那樣很累。」

「別一臉認真地說這種話，難道妳是尼特族嗎？」

聽到我這麼說，米亞露出有點尷尬的表情，隨後便獨自加快步伐。

「對外頭的世界保持興趣，找幾個嗜好。如果能多交一個朋友，妳就會變得更積極樂觀了。」

「就算積極樂觀也沒用，反正世界也是要毀滅的……」

「妳的消極程度都突破天際了！」

是說，以她那種能力，就算有這種心態也不算太離譜，所以我有點難吐槽。

「……你嗓門好大，別這樣，快嚇死我了。」

這時米亞轉過上半身對我投來責難的視線。

「啊，抱歉。一不注意就……我跟平時那些傢伙都是用這種調調說話。」

「你跟同伴之間究竟是抱持什麼情緒在對話啊……」

終於有人提及這一點了嗎？呃，是說這問題也不是光靠我一人就能解決的。聽見了嗎？齋川唯，還有其他那群愉快的夥伴們。

「……唉，真是的。自從你出現以後就沒一件好事。」

這時米亞重重地嘆了口氣。

「一年前那次也是搞得雞飛狗跳啊。」

她將雙手交疊在背後，朝上仰望我並翻起白眼。

「對喔，那次的舞臺也是在這座鐘塔。」

大約一年前，希耶絲塔跟海拉在這裡展開戰鬥。雙方各自駕駛機器人與生物兵器，以鐘塔為舞臺大鬧了一番。是說那時候，米亞已經在塔裡了……她鐵定也曾隔著窗戶觀測外頭的光景吧。

「你能體諒一下負責善後處理的人嗎？」

原來如此，當時明明打得天昏地暗，周遭卻完全沒有看熱鬧的群眾，也沒有上新聞……看來背後一定有股巨大的勢力在運作吧。呃，不過妳要抱怨，還務必請找那位白髮的名偵探才對。

「那麼，我用這個換取妳的原諒吧。」

我一把揪住走在人行道那側的米亞的手，並拉向自己。就在下一瞬間，發出「咦」並瞪大眼睛的米亞、前一秒鐘所在的位置，有個打破的花盆摔在地上。

「好了，走吧。」

我放掉米亞的手，重新邁開夜路上的散步。

「……果然跟你在一塊就會遭遇不必要的麻煩。」

大概是厭惡我這種容易被捲入事件的體質吧，米亞就像小貓一樣把背縮得更駝了。從剛才開始，她的各種舉止就像小動物一樣。

不過對我而言，這還算日常生活的範圍內。為了告訴米亞未來的確是可以改變的，有必要再多跟她相處一陣子。

「希耶絲塔沒有告訴過妳，事情的展開往往非常迅速嗎？」

我對停住不動的米亞出聲道。

「她哪有告訴我這個。我跟學姊……咳咳，我是指名偵探，只是偶爾一起玩線上遊戲罷了。」

「《調律者》之間到底是什麼樣的關係啊。」

意外的學姊學妹關係浮出檯面。對希耶絲塔來說我是助手，夏露則是徒弟……這麼說來，米亞搞不好是那種需要費心照顧的可愛學妹吧。

當我思索這些的時候，發現附近的公車站停了一輛高聳的紅色巴士。來得正好。

「聽好囉，在我們的世界裡有個既定的方針。那就是像常識啦、心裡糾結啦、裹足不前等等會拖慢節奏的要素，全部都要快轉跳過。」

「我們的世界是……？你幹麼突然開始說明啊……？」

「別廢話了快跟上來，讓我們的故事開始加速。」

我完美地說出這句名言後就直接登上巴士的階梯。

「說點題外話，你看起來並不像朋友很多的類型。」

「別用題外話傷人啊。」

「那我回到正題吧。我是不會當你的朋友的。」

「很好啊，我只要妳幫我完成一個天真的夢想就夠了。」
我們聊著這些，並在雙層巴士下層的最後一排並肩坐下。
「──喂，你平常都是這種感覺嗎？」
坐在靠窗位置的米亞，一邊眺望夜晚的街景一邊問身旁的我。
「這種感覺是指？聰明、善解人意，而且模樣帥氣嗎？」
「你不用勉強裝傻等我吐槽的。」
我可沒在提供吐槽點。
「我是要問，你平常做事都不經計畫嗎？」
不經計畫，是嗎？的確，我當下也不清楚這輛巴士會開往何方。更不知道它會在幾點幾分通過哪個車站，或是半路會有誰上車──不過。
「我的終點站早就決定好了。遲早有一天，我要讓希耶絲塔復活。」
這就是我唯一期盼的未來，也是我鎖定的故事結局。
「那種事真能辦到嗎？」
對我的誓言，米亞並沒有露出吃驚的樣子。她想必早就知道我的打算了吧。或許正因如此，她才會打從一開始就拚命閃躲我跟夏凪。畢竟，她很明白這個心願有多麼荒誕無稽。

「未來會怎樣，天曉呢。」

我不知道未來的事。就因為不知道，所以才要來找妳啊。

——然而。

「這種好運爆棚的路線，我覺得有一條應該也不為過吧。」

沒錯，這就是我的心願。

「…………」

對我的這番話，米亞不置可否，只是繼續眺望窗外。

就算要實現完美無缺的 Happy end 難如登天。

就算某人得在途中稍微忍耐，或是某些事物將有所欠缺。

就算有些許不完美，未來也不見得全都是註定要失去某人甚至一切的殘酷結局才對。

「未來必定有許多條不同的路線分歧。至於要選哪一條，全憑我們當下的意志。」

就好比今天，奧莉薇亞按照自身的意志把我引到鐘塔一樣，我此時此刻的行動，也讓米亞捲入了她意料外的情況。依據我們的意志、行動，未來的路線的確能發生各式各樣的變化。既然如此——

「希耶絲塔復活的未來（Route），應該也有可能存在吧？」

我再度喃喃道出這回拜訪米亞最大也是最原始的目的。

「——這句臺詞，的確只有你有資格說出口呢。」

結果米亞卻低聲回了這句意圖不明的話。

可惜，現實並沒有輕鬆愜意到讓我有空閒反問她。

「抱歉，可能要暫時停止閒聊了。」

「咦？」

米亞不解地歪著腦袋，同時，巴士內響起了女性的尖叫聲。我目光轉向巴士前方——有位身著迷彩服的男子手持步槍站在那。

「是劫持巴士、嗎？」

這正是我這種容易捲入事件的體質發揮本領的時候。

◆這一跳，將飛越世界觀

「所、所以說我不想出門嘛……」

鄰座的米亞，果然又像個小動物般抱住膝蓋縮起身子。說她可憐會有點沒禮貌嗎？

「怎樣？這個未來妳沒有預見吧？」

「都這種情況了，你還說得很得意的樣子……」

米亞以忿忿的視線瞪著我。這傢伙終於肯看著我說話了啊。

「我的能力可不是像占卜那種便利的東西。假使要有意識地看見對世界會有巨大影響的未來景象，就必須先準備好合適的『場所』才行。」

所以等下會發生什麼事我可不知道——米亞這麼咕噥道。

「——不准動。誰敢動一下小命就會不保。」

下一瞬間，槍聲大作。

劫持犯用步槍對車頂開火，接著又直接將槍口對準我們這些乘客……真是的，看來不能隨便亂動了。

「——只要政府釋放我們的同志，你們這些廢物就能離開這輛巴士。這就是所謂的命運共同體吧。」

哈哈——打扮跟軍人一樣的男子，發出了簡直就像是蝙蝠的笑聲。看來犯人的目的，是要救出被關入監獄的同夥。利用這種方式跟警方談判……我不認為是個高明的手段。

「怎麼辦？」

米亞低聲問道。

置身緊繃的空氣中，幸好我們坐在最後一排位置，可以正確掌握全車的情況。巴士裡包含我跟米亞在內共有普通乘客十一人，駕駛一人，此外拿槍的歹徒在車輛前面有一人。敵方持有武器，而且普通的乘客眾多，千萬不可輕舉妄動。

「啊啊，我反倒想問妳該怎麼辦才好？」

「到了緊要關頭你卻完全派不上用場……」

米亞用手抵著前額，嘴裡喚著隨從的名字「奧莉薇亞」。果然所謂可憐跟可愛就只有一線之隔。

「我受夠了，反正世界也是要毀滅的……」

「就說了，停止這種極度負面的思考吧。」

就算陰沉也該有個限度吧。況且以她的能力，說這種話很像是嚴肅的預言，讓人根本笑不出來。

「呃，其實我一直都是這樣喔，要有偵探下指令我才知道怎麼做喔。」

「拜託你能不能有點自尊，你的自尊心呢？」

「米亞，現在先跟我握手好嗎？」

「你有在聽人說話嗎？」

由於她沒有正面拒絕，我就試著直接握住她嬌小的手掌，可以清楚感受到她的身體頓時僵住了。

「……我從來沒有被男人握手的經驗。」

這時，儘管我根本沒問，但米亞還是迅速辯解道。接著她嘆了口氣，被我握住的手比想像中體溫更低。

「像這種時候，學姊會怎麼辦呢？」

大概是沒有餘裕去掩飾了，米亞直接叫起希耶絲塔學姊。

「總之她會先喝紅茶，然後再捉弄我。」

「這根本沒有參考的價值……」

是啊，就連遇到劫機那次，她也是那種可以睡午覺睡得很沉的傢伙。

「……我在《調律者》當中，並不是擅長處理這種事的。」

這時米亞垂下頭，帶著自嘲意味冒出一句。

沒錯，《調律者》並非全體都是以戰鬥技巧優異的成員構成。只是我之前遇到的三個剛好都是如此罷了。

好比裡面或許也有特別擅長動腦的，而像米亞這種因預知未來能力而選入《調律者》的例子也存在。像這樣各種能力平衡的十二人才能給世界調律吧。

「我不像《暗殺者》那樣有鋼鐵般的使命，也不像《吸血鬼》那樣具備毀滅世界的強大實力，更不像《名偵探》那樣充滿勇氣、不畏死亡。因此我那時候，**才沒能阻止學姊賭上一切。**」

「米亞，妳……」

「——誰！是誰在說話！」

霎時，劫持犯好像很激動地朝乘客們舉起槍。接著那傢伙繼續端著槍口，慢慢走到一個個乘客旁邊……不過，就在他來到最後一排前，他突然轉身返回駕駛的方向。看來他並沒有發現說話的是我們。

「……正如你所說，未來是可以改變的。」

這時米亞對我說話的音量比剛才更低了。這種音量應該會被巴士的引擎聲掩蓋過去才對。

「兩天前，我去了日本一趟。那是由於我最新觀測到的未來發生變異，我才要去尋找原因。」

「……是嗎，所以才會搭上跟我們同一班飛機。」

米亞平時都不會離開那座塔才對，但這樣的她為何會搭上從日本飛往倫敦的班機，現在理由終於揭曉了。

「關於《SPES》，我原本知道的未來——是藍寶石少女被《暗殺者》抹殺，最終席德失去了容器。結果這條路線被推翻了。而未來變異的核心，就是你們。」

……是啊，沒錯，我的確守住了齋川的性命，以結果論這就是讓席德保命的選項。那本來便是一種與世界為敵的做法。對於擔任《巫女》、必須將世界導回正軌的米亞來說，更是一種意料外的結局。

「未來雖然偶爾會改變，但只有最終的結局是不會變的。」

米亞望著因紅燈而停車的巴士窗外景色。在車輛前方，那名持步槍的歹徒，正大聲對司機怒吼「不准停下來」。

「《名偵探》的確曾改變未來沒錯，但那一天，她也因此死去。」

這一定是米亞之前未曾對我提起的真相吧。

她先前也稍微說了，她當初無法阻止**希耶絲塔的賭博**。

「原本，前代《巫女》在《聖典》所寫下的、關於《SPES》跟《名偵探》的戰鬥……是以後者敗北畫上句點。」

「妳是說，希耶絲塔會敗給席德跟海拉？」

「是的。因為學姊死了，席德就以殘存的海拉為容器。《聖典》上所記載的，就是這種最糟糕的未來。」

那段文字恐怕是將近十年前寫的吧——米亞補充道。

「然而四年前，學姊遇到你。然後你們兩人就逐漸改變了《聖典》上所記載的未來。」

……其實我什麼都做不到。可是那個時候的那傢伙，一定是想努力扭轉命運吧。

「照這樣下去，搞不好可以避免學姊死亡的結局也說不定，有這種感覺的我，大約在一年半前，再度觀測和《ＳＰＥＳ》有關的未來。但，我看到的結果卻是——」

「——希耶絲塔跟海拉同歸於盡，席德失去容器的最後一幕嗎？」

我這麼搶著說道，米亞聽了緊握住我的手。

那是大約一年前，在我們身邊實際發生的事。結果，就算一點一點慢慢改變未來，最後的結局依然……只有希耶絲塔死去的 Bad end，是怎樣都無法迴避的。

「當然我並不想放棄。我的家庭因我而瓦解……儘管沒能救回父母，但就算這樣，對我來說是恩人的學姊，我怎樣都要阻止她犧牲的結局才行……可惜學姊她自己，一定已經在那時就做好送命的覺悟了吧。」

……是啊，希耶絲塔就是這種個性。即使明白自己將淪落什麼樣的命運，但那傢伙還是要貫徹偵探的道義直到最後一刻。除了犧牲自我封死那巨大的邪惡，更要拯救夏凪，實現委託人的心願。

「此外，跟我不同的是，和《SPES》直接交手的學姊，事先察覺到席德想要奪走《聖典》，同時也得防範《怪盜》的倒戈。在這種情況下，她對我提出一個將計就計的辦法。」

「……也就是故意讓《聖典》被席德他們偷走嗎？在知道其中記載的未來是錯誤的前提下。」

那可以稱之為圈套。希耶絲塔的妙計，是把原本寫在《聖典》的結局——也就是希耶絲塔敗北，殘存的海拉被席德當作容器這個記載，刻意交到席德手上。但希耶絲塔早就知道，那樣的未來是不會發生的。

席德看到《聖典》上的虛假未來果然安下心來，並沒有看穿這是希耶絲塔在賭博。正因如此，後來計畫被打亂的席德，現在只好拿頂多算保險的齋川唯充當容器了。

「正如你說的，未來的確可以改變。不過，只有最後的結局不會發生變化。」

米亞用毫無感情的口氣，再度對我強調這個結論。

「藉由改變未來的方式的確可以拯救生命，甚至實現心願……但，也會有其他生命因此消逝。只是……就算明知這是任性，我還是覺得自己珍惜的對象能活下來的未來比較好。」

這一定是巫女心中難以抹滅的懊悔吧。把自己從地獄救出來的恩人，自己卻無能為力挽回。米亞也只是想追求希耶絲塔得救的未來罷了……只可惜到了最後，還是敵不過希耶絲塔身為偵探的決心。因此到頭來降臨的，依舊是對米亞來說無法改變的最糟結局。

為此，米亞才不再採取行動，也不願再試圖改變未來。她僅是——在旁觀測而已。就跟一年前，那場希耶絲塔跟海拉的戰鬥，她也是在倫敦最高的鐘塔上袖手旁觀一樣。米亞・惠特洛克，直到世界迎來毀滅的那天為止，都只會把自己所預見的未來持續寫在記事本上，盡自己的職責罷了。對這樣的她，如果我還能說什麼的話——

「可是我們，已經打算超越希耶絲塔的意志。」

米亞瞪大雙眼。

不知是因我的發言內容，還是我故意光明正大站起來的緣故。

「——從剛才起就是誰！誰一直在說話！」

劫持犯對我這邊舉槍瞄準。然而，他的槍口卻很猶豫地亂晃著。這也是理所當然的，**因為對方根本看不見我**。

「要求我在被劫持時別聊天？剛好相反。」

接著我拉起米亞的手，低低蹲下身子。

「應該是你別趁我們討論正事時劫持才對。」

看來這個世界至少還是有一個臨時演員。我跟犯人(龍套)之間的距離大約十公尺，只要不被捲入其他意料外的麻煩，戰鬥幾秒鐘就能結束了。

「等一下，你想幹麼！」

「別擔心，對方也看不見妳。」

這是我吞下變色龍的種後所獲得的力量，因此我才會在一開始就找機會握米亞的手。

「等那傢伙復活，我一定要對她這麼說——妳看看妳。」

誰能忍受老是被那傢伙玩弄於股掌之間。或許妳是想獨自一人耍帥地犧牲，但我就是要顛覆這個結局。像這樣改變未來給妳看。

「……你認真的嗎？」

「如果不是，我才不會千里迢迢來這個異國。」

這時，犯人憑藉說話聲的方向開槍，車內立刻響徹乘客的尖叫。

我跟米亞則以空位為掩蔽躲子彈。

「所以拜託，請妳跟我們一起去尋找希耶絲塔復活的未來。」

「……那樣的未來（Route）真的存在嗎？」

「沒有就去創造。這回輪到我把整個世界**捲進來**了。」

我再度牽起米亞的手拔腿狂奔，劫車的歹徒已近在眼前。

「我沒辦法，跑這麼快……」

平常都關在室內的米亞，這時已腳步踉蹌地劇烈喘氣。

……啊啊，是嗎？原來她，還沒發現那件事。

「米亞，仔細看看自己腳下。」

我一這麼說的瞬間，視野一隅就閃過一把黑得發亮的手槍。看來還有一名歹徒，隱身在乘客當中。這麼說來，那個軍人打扮的男子，一開始用的第一人稱就是「我們」。真是的，「只要不被捲入其他意料外的麻煩……」我幹麼要立這種旗標啊。

「君彥！」

米亞忍不住喊叫我的名字。

「那邊交給妳了，米亞。」

我鬆開她的手，用身體衝撞從座位站起身的另一名劫持犯。

男子的腹部受到隱形的衝擊，發出短促的悲鳴後，武器就鬆脫了。

但相對地，米亞失去跟我的碰觸也無法再保持隱形。

「——唔！從哪冒出來的，臭小鬼！」

位在巴士前方的軍服男，被這突如其來現身的少女嚇了一跳。這短暫的動搖，已為我們製造出一瞬間的破綻。

「米亞！就算妳打定主意不改變未來，現在也太遲了！畢竟事情已經發生！**妳不如想想妳現在穿的那雙鞋有什麼意義吧！**」

我這麼一說，米亞那淡紫色的眼眸頓時大大睜開。

是啊，快想起來吧。那雙鞋，一定是出自《名偵探》的……贈送給這位始終把自己關在高塔裡，需要費心照顧的學妹禮物。希耶絲塔如今已無法親口傳達的心意，還是化為了具體的事物協助米亞向外踏出巨大的一步。

「——混帳啊啊啊啊！」

劫持犯朝米亞胡亂掃射。

但已經太遲了。那些子彈，只能一發發穿過空無一物的地方。

這是為什麼？

如果想知道答案就抬頭看看。

「啊啊啊啊啊啊啊啊啊啊啊啊！」

呃，想抬頭看好像也太遲了。

此刻——那位高高躍起的少女腳尖，正對著軍服男的腦袋把他狠狠踢飛。

是啊，我四年前就知道這件事了。

名偵探的那雙鞋子，可以在空中漫步。

◆通往遙遠未來的伏筆

「累死了……我這輩子再也不要出門……」

米亞就像發出「咻嚕——」的音效般，洩氣地頹喪雙肩，走在夜路上。

那之後，託米亞活躍的福，我們成功壓制劫持犯，並踏上返回鐘塔的路途。希望那起恐怖事件騷動能一點一點平息下來。

「為什麼只要跟你在一起就會發生那種莫名其妙的遭遇啊。」

這時，走在我身邊的米亞對我投來充滿非難的視線。

「嗯？多虧有我在，妳還想抱怨什麼？」

「……你這個人的性格還真好耶——當然我是在諷刺。」

米亞不知道嘆了第幾次氣了。

「從跟我搭上同一班飛機起，就算是妳的好運用盡了吧。」

現在回想起來，米亞・惠特洛克的災難就是從那時候開始的吧。

「……沒錯。都是你們害的，害我在那狹窄的推車裡待好幾個小時。」

喔，原來我們的推理完全命中了。那的確是無妄之災啊。

「真要說起來，你們為什麼會搭那班飛機啊。我本來還故意比你們晚搭一班耶……」

原來如此，她應該是拜託奧莉薇亞幫忙安排的吧。然而就在登機前，我那種容易被捲入事件的體質發動，使未來改變了。

「其實也沒什麼啦，我為了救從很高的樹頂無法下來的貓咪，所以才錯過原本那班班機罷了。」

「就這個理由!?」

「什麼叫這個理由。要是瞧不起貓咪可是會惹希耶絲塔生氣的。」

過去我接受尋找走失小貓的工作時，因為順利尋回的貓太可愛了，希耶絲塔還曾有一段時期老是吵著自己也想養貓呢。

「所以都是名偵探調教的錯？」

「……雖然不算偏離事實，但請注意一下妳的用詞。」

但我之所以會被教導成這樣，也是因為原本的體質就很麻煩之故。跟希耶絲塔邂逅前的那段日子，一定也對我帶來了影響吧。

「可是，這麼一來——」

突然，我所穿的外套袖口，被微弱的力道揪住了。

「我會變成這樣，再怎麼說都是你的錯。」

在距離我半步的背後，米亞低聲細語道著。

月夜下，在被路燈點亮的人行道上，我回過頭，與她的視線重疊在一塊。

「要我說幾次都行。我會跑出那個房間，都是你造成的。被捲入一連串麻煩，也是你害的。還有……我會變得稍微想改變未來，也是受了你的影響。這些全部，全部，都是你的錯。」

所以——她接著說。

米亞．惠特洛克仰望我，露出楚楚可憐的眼神。

「你要對人家負責唷？」

這種看似很困擾，但又隱約對我帶有期待的表情，是今天一整天她最有人情味的一刻，甚至讓人覺得她好美。

「是啊，說起責任，不論何時，要我負幾次都行。」

這樣我們就是共犯了。

打從出生就被眾神放棄的我，跟這位一生下來就受到神明無謂加持的巫女（米亞）。

像這樣的我們，攜手合作。

至於試圖打倒的敵人——故意誇張地說，**是神所選定的未來**。這真可說是棋逢對手啊。

我們第一次對彼此露出笑容，還握了握手。

「呃，是說已經有好幾個女生跟我訂婚了，所以我想妳得稍微等等。」

「……我的意思不是那樣，而且你絕對是在胡扯吧，你千萬別會錯意，我根本沒有那種想法啦！」

那之後，我們繼續愉快地聊天，聊著聊著終於回到那座鐘塔。搭乘專用的電梯上樓，打開通往米亞房間的門，結果，映入眼簾的是——

「啊，君塚。歡迎回來。」

房內有個意料外的人物在等著。

「咦，又有可愛的女孩來照顧你啊。怎麼，這女生也是未婚妻？」

「什麼叫『也是』啊，別鬧了。」

我瞥了一眼米亞後，隨口對緊盯我不放的偵探說道。

「看來妳那邊也順利解決了啊，夏凪。」

夏凪正獨自在桌邊啜飲紅茶。

「嗯，都是託了那孩子的福，對吧。」

幾小時前，在教堂墓地跟我暫時分開行動的偵探——夏凪渚。看來那起梅杜莎事件，夏凪已經藉由另一位夥伴的力量平安收場了。

「歡迎您回來，巫女大人。」

此外，在房間還有另一人。

那是身著傳統女僕裝的奧莉薇亞，恭敬地對米亞一鞠躬。

「跟平常風格略有不同的生活感覺如何？」

「……奧莉薇亞妳這笨蛋。」

米亞「砰」一聲把臉埋入奧莉維亞胸口。光是這樣就能看出這兩人平日的相處模式。

「也給君塚先生您添了許多麻煩吧。」

「一點也不錯。」

奧莉薇亞臉上浮現親切的職業微笑，並從懷裡取出錢包交給我。我檢查一下發現那把萬能鑰匙也在裡面。真是的，說起這幾天的經歷，感覺比起巫女這位隨從在腦袋方面好像更能派上用場呢。

「這下子，終於全體到齊了。」

奧莉薇亞繼續微笑道，並替我跟米亞也端上紅茶，催促我們就座。接下來。

「請用。不必理會我，儘管進入正題吧。」

奧莉薇亞自行退後一步，靜默地佇立在一旁。

說起正題——就是我跟夏凪專程來拜訪《巫女》的理由。為了請米亞觀測能讓希耶絲塔復活的未來，才特地跟她見這一面。實際上，我已經確認米亞的能力只限於預見會對世界造成重大影響的事件，但希耶絲塔身為世界守護者的《調律者》，生死與否應該也在上述範圍內吧。

「讓我重新確認一遍。」

這時首先開口的人，就是那位《巫女》本人。

「你們真的，想復活那位《名偵探》嗎？」

坐在主位上的米亞，筆直地凝望著並肩而坐的我跟夏凪。

她想知道我們是不是已經做好覺悟。

為了引發對神不敬的奇蹟，我們是否真的願意步上修羅之道。

身為《調律者》，她必須確認我們的決心。對此，我的答案是——

「倘若米亞觀測到的未來，真的沒有這條路線存在，那我才肯放棄。」

——然而，即便如此。

「如果在無限漫長的地獄另一端，真有這樣一條路線存在，那為此我願意親手排除所有障礙。這就是我們的宿願。」

總覺得耍帥過頭了——連我自己都不禁這麼覺得。

但，我原本就是在逞強。

如果不像這樣故意誇大自己的氣勢，就沒膽站上一決勝負的舞臺了。

一想到此，我就把自己當作是電影的男主角，高舉這人世的正義如此宣誓道。

「不光只是心願而已，從今天，從今天起，就要展開行動喔。」

這時，夏凪對初次見面的《巫女》毫無畏懼，也跟著接話。

「不論付出什麼樣的代價都毫不在乎？」

「是啊，很遺憾，到這個地步已再也無法回頭了。」

這回又換成我代替夏凪回答。

沒錯，代價我已經付過了——就是那天我所吞下的《種》。

儘管我已經不想再對夏凪或其他人強調這件事，但不管是五感或壽命也好，我已做好被體內植物盤踞寄生的覺悟。我很清楚，我的這個願望，不付出這樣的賭注是肯定無法實現的。

看出我言外之意的決心，《巫女》米亞‧惠特洛克表示。

「就算這個世界存在著吸血鬼，要讓已經死去的人重返世間，也是辦不到的。因此，我無法觀測已死之人的未來，做這種事也毫無意義——不過。」

這時，她帶著如夢似幻的微笑這麼說道。

「君塚君彥──如果你真的希望自己成為世界的特異點的話，那或許……」

◆來自名偵探的信

「真不講理啊。」

我獨自一人走在深夜的貝克街上，忍不住嘆息道。

在鐘塔跟《巫女》米亞．惠特洛克商談過後，她表示「《調律者》之間還有要事要談」，就把新任《名偵探》的候補人選夏凪留在房間，並把我趕了出去。

結果，米亞並沒有當場明確告訴我，希耶絲塔復活的未來是否存在。但至少雙方之間的交涉並沒有決裂才對。

「之後的事等夏凪回來再問吧。」

那兩人現在一定還在討論──我如此說服自己，並單獨走在回家的路上。不過，我的目的地並不是飯店。

沒錯。我現在要前去完成，這趟旅程最原始的目的。

「──真叫人懷念。」

一年前也曾走過這樣的街景，只不過那時候我身邊還有另一人。

欣賞櫥窗展示的衣服，在超市採買晚餐的食材，去中意的咖啡店享用紅茶——這條街道不論哪一個角落，都殘留著那傢伙的影子。

沿著這樣熟悉的景色繼續前進，我在道路的一隅發現那棟老舊的住商混合建築。其中的一個房間，就是我跟希耶絲塔的事務所兼住處。爬上這棟沒有電梯的樓房直到三樓……我稍微有點猶豫，最後還是插入鑰匙轉動門把。

「我回來了。」

明知這裡空無一人。

但我還是依照昔日的習慣，對空蕩蕩的房間告知我的歸來。

拉開窗簾，月色照亮了屋子。包括餐桌、沙發，一切家具的擺設都跟以前一樣。一年前，為了拯救夏凪而前往《SPES》據點的前夕，房間就是這個樣子。自從在那一天的那個場所，我失去希耶絲塔以後，我就像逃跑般返回日本。

「也太整潔了吧。」

本來以為會更髒的房間，結果根本是一塵不染。既沒有吃剩的披薩盒，也沒有散落一地的零食包裝。整套的紅茶杯碟，也好端端收在碗櫥裡。一年前，希耶絲塔在出發前應該有仔細打掃過吧。或許她早就知道自己不會再回來了。

接著我前往寢室，那也是希耶絲塔的房間。當中有一張床，一個小書房。而在書桌邊，有個上鎖的小抽屜。

「對喔，就是這個。」

我想起在一年多前，曾為了這個抽屜跟希耶絲塔爭論過。

當時，我因為有事踏進希耶絲塔的書房，結果她鬼鬼祟祟地將某個玩意迅速藏進抽屜。而且她接著還立刻上鎖，像這樣試著讓我推理裡面究竟放了什麼——

『既然你那麼想知道裡面藏了什麼，何不試著自己推理一次看看？如果你有那個能耐的話。』

『既然妳那麼不想讓我知道，應該就是那個吧。傳聞中三大慾望比普通人強烈的希耶絲塔，鐵定需要某些重口味的色情雜誌……』

『你這傢伙，是笨蛋嗎？』

『唉，真不講理啊。』

『我又不是你。』

『別使出這種一擊必殺的回馬槍好嗎？』

『又不是你電腦裡的那種隱藏資料夾。』

『妳究竟知道多少我的底細啊！』

『還是不要把資料夾名稱改成看起來有點艱澀的英語論文標題比較好喔，這招太淺薄了。』

『啊啊，我不跟妳爭了。不論如何現在立刻停止這個話題吧。』
『如果是其他人也就罷了，但這招對我是沒用的。我因為覺得好像有點有趣就打開來看了一下。』
『我應該用希耶絲塔更不感興趣的資料夾名稱嗎……好比最新ＩＧ熱門打卡的一百個景點之類。』
『所以也就是說。』
『嗯？』
『……我希望你不要在我毫無防備的情況下讓我看到那麼寫實的影片。』
——希耶絲塔語速極快地冒出這番話，還很罕見地把羞紅的臉從我面前別開。
「……連一些無關的事也想起來了啊。」
我重新集中精神，點亮橘黃色的螢光燈，並取出繼承自《希耶絲塔》的萬能鑰匙。這是希耶絲塔的《七種道具》之一——據說能打開幾乎每一道鎖。我回憶起當初剛認識時，她就是拿這個闖入我的住處。
「拜託啦，希耶絲塔。」
我一邊祈禱，一邊插入鑰匙。希耶絲塔很有可能以遺產的形式，將與《ＳＰＥＳ》對抗用的線索保留在這裡。但恐怕就連過去的希耶絲塔，也無法得知關於《Ｓ

PES》的所有情報吧。

恐怕希耶絲塔曾經仰仗過米亞的未來預知能力，然而那能力也像米亞自己說過的並非十全十美。也因此希耶絲塔才會賭那一把。那三年間，希耶絲塔為了不讓我發現最終的結局會是那樣，一些重要的話題都不和我談……但既然如今我已闖過了希耶絲塔留下的課題，她一定會願意助我一臂之力才對。我邊這麼想邊轉動鑰匙，將抽屜拉開——結果。

「信？」

放在抽屜裡的，是一封信。

我用裁紙刀剜去封蠟，打開信封取出裡面的便箋。

那是一封以「敬啟者　助手收」為開頭，留給我的信。

『你這傢伙，是笨蛋嗎？』

「……太不講理了吧。」

不知為何從本文的第一行就開始臭罵我。我究竟做了什麼……等心情調適過來我才將目光移到第二行。

『挖掘女生的隱私老實說真噁心。現在閱讀這封信的你，不知道是使用了多麼惡劣的手段才得逞的，光是想像就教人害怕。』

「胡說八道，我是使用正規的手段。」

不是妳叫那位女僕，把鑰匙交給我的嗎？

『話雖如此，但既然你已經看到這封信，就代表你寧願付出極大的代價也要獲取「那項情報」。』

來了，沒錯，就是那樣。

我想知道妳理應留下來的、關於《SPES》的情報以及打倒席德的方法。

我充滿期待看向下一行。

『真要說起來，比起蒙布朗栗子蛋糕，我更喜歡草莓奶油蛋糕啊。』

「鬼才想知道這個咧！」

我忍不住把信扔出去。白痴喔，我可不是為了知道這種事才專程跑來倫敦的……而且話說回來，希耶絲塔，我以前買了這兩種蛋糕回來，妳這傢伙還不是兩個都吃了，連我的份都不留。

『玩笑話姑且不提了。』

「我不是來這裡聽妳表演超越時空的相聲啊。」

『關於《SPES》及其首腦席德，我想在此留下我的研究心得。』

這時，信終於言歸正傳。

我換到第二張便箋繼續閱讀。

『現在正在閱讀本信的你，應該已經某種程度理解《SPES》相關的知識了吧。那麼詳情我就省略了，因為寫信手很痠。』

……姑且不論最後那個像是小學生一樣的藉口，希耶絲塔的推測的確沒錯。我找回了跟席德對峙那天的記憶，也明白調律者存在的當下這個處境，應該某種程度可以跟得上她的說明。

『首先說一下前提，席德是所有《SPES》的生父——只要打倒席德，就不會有新的《人造人(Clone)》出現，也可以視為《SPES》將走向滅亡。意思就是說，你非得成功打倒席德不可。』

是啊，跟目前我們的方針一致。

正因如此，我們才為了尋找席德的情報來到這裡。

『然而就現況，席德並沒有任何明顯的動作。恐怕席德本身，也不想採取任何顯眼的行動……也就是說我推測他並不想主動引戰。他想要的，充其量就是滿足**生存本能**，至於那些恐攻行為僅由部下執行。』

這項推測，配合至今所掌握的情報，老實說我非常同意。席德不會自己出手，而是派類似海拉那樣的幹部高調採取行動——這麼做只有一個理由，就是逼迫容器候補人選希耶絲塔四處作戰。

而希耶絲塔會在戰鬥中獲得成長……或者說讓她跟同為容器候選人的海拉競爭，提高在希耶絲塔體內發芽的《種》的生存本能。畢竟這也是與《原初之種》（席德）同步的條件。

『席德由於無法適應地球環境，才要尋求以我跟海拉為首的人類容器。但具體來說席德究竟是無法適應地球的什麼——只要能查出詳情，就可以明白席德的弱點並加以打倒了。』

……原來如此，的確沒錯。這顆行星上，究竟是什麼條件讓席德感到痛苦。一旦發掘真相就能成為打倒席德的關鍵。

『好比水，或是氮氣、氧氣這種空氣中的成分。雖然在地球上很多，但在席德的母星、或宇宙中卻是很罕見的物質，我猜這或許就是他的弱點吧。』

希耶絲塔的研究心得寫到了第三張便箋。

『《吸血鬼》對此似乎已經掌握到了某個線索，但在上情報交換的談判桌時，我無法支付他所要求的對價，所以最後還是沒能問出來。你也要當心那個男的。』

果然跟史卡雷特也有關嗎？那個自戀的吸血鬼索求的對價——總不會是要希耶絲塔獻身吧。如果真是那樣，下次我見到他就要把他◯掉。

『此外還有一件要緊的事。雖說席德總是盡量避免在檯面上現身……但老實說，我大約四年前就在那座島上跟席德交手過一次。』

四年前——但考慮到這封信是在大約一年前寫的，所以應該是距今五年前的事囉。記得希耶絲塔六年前還待在《SPES》的那座設施，所以說就是在那之後的一年，希耶絲塔曾挑戰過席德一次。

『不過實際上，那連戰鬥都稱不上。席德擁有壓倒性的強大實力，純粹以戰鬥力而言，恐怕足以跟《吸血鬼》和《暗殺者》匹敵，甚至超乎那兩者。因此完全落居下風的我，只能倉皇從現場逃走。』

席德的力量等同甚至大於《調律者》——對這樣的對手，當時還很稚嫩的希耶絲塔想必毫無挑戰的餘地。席德之所以會放她逃跑，唯一的理由就出於她是容器候補人選吧。他期待希耶絲塔這個容器能繼續成長。

『接著又過了一段時間，我遇見了能看穿未來的少女米亞·惠特洛克。後來成為《調律者》的米亞把我視為學姊仰慕著……出於對我的擔憂，某天她**特別破例**讓我看了《聖典》裡跟《SPES》相關的記載。』

而希耶絲塔在《聖典》看到的……一定就是米亞在巴士上對我說的那些內容吧。起初在《聖典》裡，記載了希耶絲塔敗給《SPES》，而海拉成為席德的容器的未來。

『透過上述經驗我領悟到，為了扭轉未來……以及打倒席德，我必須做萬全的準備。因此，我非得收集更多《SPES》的情報不可。所以我才會在那天，在那高空上，主動找你攀談。』

這就是四年前——距離地面遙遠的一萬公尺高空所發生的事。

促使我偷帶槍上飛機的希耶絲塔，打從一開始就想讓我變成她的助手。

她這麼做的理由鐵定只有一個，就是我的**這種體質**。

只要有我在場，事件……《SPES》就會主動找上門。

『只是那時候我不小心午睡了一下，所以沒能向你說明之後的安排。』

拜託……妳不知道我那時有多慌？本來以為是突然被捲入劫機事件，緊接著卻又變成要跟《人造人》戰鬥？

『不過你還是決定跟隨我……不，應該說是比我想像中更努力。而且最重要的是。』

我換到第四張便箋。

『跟你聊天很有意思。』

「妳白痴喔。」

我忍不住出聲吐槽。

『而且等我回過神，才驚覺已經帶著你到處跑了三年之久，真對不起。』

這樣的道歉，希耶絲塔曾在借用夏凪身體時說過。

……唉，明明就說了不必道歉啊。

『而且我猜，現在我也還在給你添麻煩。既然你現在需要找出這封信，就代表我一定沒有成功打倒席德。我想我給你……恐怕如今還包括你周圍的同伴們，增添了莫大的困擾吧。身為《名偵探》，以及《調律者》，無法在最後遂行正義，實在是最為羞愧的事，同時我也打心底想對被我拋下的你們謝罪。』

共四張信紙。

在信的結尾，她是這麼總結的。

『最後，儘管想對你們後續該採取的行動列出具體提示，但即便是我，也無法完全正確預測一年後的未來。尤其是體質特殊的你，周遭的環境可說是每天都在發生改變，甚至很有可能採取連《巫女》都無法預見的行動。但，也正因如此，我才能對你抱持些許期待並放下寫信的筆。我期待，你們對未來做出連我都想像不到的選擇。』

信在此結束。結尾很像是希耶絲塔的風格。她表面上說無法預測我的行動，但其實已經隱約猜到，我們會在某種程度上選擇離經叛道的未來。

「只是很遺憾，妳總不會猜到我們要選擇讓妳復活的路線吧，這真是意料外的意料外啊。」

我突然笑了起來，暫時借用希耶絲塔的床仰躺著。這麼說來，有次喝醉了我曾跟她在這裡共度一宿，之後醒來還大吵了一架……真是的。

「妳快醒來吧，希耶絲塔。」

然後我們再度吵架，讓氣氛變得尷尬，直到某一方不好意思主動道歉，兩人一起去吃披薩，享用蛋糕，喝紅茶，聊著不著邊際的蠢話。我想像著那樣的事情，覺得如果現在睡著，搞不好可以夢見那樣的情景。

我悄悄閉上眼睛，直接在床上就寢。

◆月明之夜，妳的誓言

驀然，有股甘美的香氣襲來。

那是一種被安全感所籠罩，彷彿薔薇香水的氣味。

「啊，醒了。」

我在一片幽暗的世界中睜開眼，一位少女的臉龐就在身邊。

「……妳幹什麼啊，夏凪。」

剛才只打算稍微瞇一下的，結果好像不知不覺睡死了。

「看你睡得跟小嬰兒一樣沉啊。」

「別理所當然地鑽進有男生睡的被窩好嗎？」

「心動了？」

「在希耶絲塔的床上跟夏凪共被而寢，從另一個角度看這種狀況會讓人冷汗冒不停。」

總覺得會被希耶絲塔在夢裡默默毆打。

「所以，夏凪為什麼會跑來這？」

想必是跟米亞討論完了吧。

「或者應該說，妳是怎麼過來的？搭計程車嗎？這麼晚了一個人出門很危險喔。」

「……咦，你也會擔心我啊。」

儘管房間昏暗，但我還是可以辨識出夏凪正對我浮現微笑。好了好了別露出那種不懷好意的咧嘴一笑。

「所以，想找的東西找到了？」

「是啊，希耶絲塔留了一封有線索的信。從明天起，應該會再度改變我們的行動方針吧。」

話雖如此，但我還沒想好明確的計畫。現在正好可以請教一下夏凪的建議……不過，如今先要做的。

「對了，夏凪妳那邊情況如何？」

我單肘撐在床上，對躺在我旁邊的她問道。先前我在這裡讀信的時候，夏凪應該在跟《巫女》討論讓希耶絲塔復活的可能性才對。

「嗯——沒問題喔。」

這時夏凪以真誠的表情點點頭。

「那種未來……可能性的確存在，《巫女》對我這麼說了。」

「唔，真的嗎！……那麼，剛才為何先把我趕走？」

我本來以為，她是不忍心當面告訴我，那樣的路線並不存在，所以才把我先支開……我可是打心底害怕那種結果啊。

「啊——那是因為，呃，要觀測未來，必須先好好換上正式的服裝做準備才行。所以，有君塚在場，換衣服會很不好意思吧？」

這是什麼少女心的理由……不過仔細想想，只要不是我預想的那種最糟糕情況，其他我也不在意了。

「然而，要實現那種未來，具體而言該怎麼做，她好像還得花時間仔細思考。」

「是嗎……不，只要知道這種可能性存在，就算是天大的收穫了。」

打從一開始，我就不認為這是能一朝一夕實現的心願。或許以後還得再找米亞冷靜坐下來討論一次吧。但即便如此。

「有讓希耶絲塔返回人世的方法，這是千真萬確的……」

在那天的黎明時分，我大聲吶喊。
高調地宣誓要讓偵探復活。
當中鐵定有一時腦充血的成分吧，具體而言該如何引發這種對神明不敬的奇蹟，老實說我一點頭緒都沒有。
不過，讓希耶絲塔歸來的方法果真存在啊。
總有一天，我可以跟那傢伙重逢——
「喂，我說君塚。」
這時，夏凪突然以輕鬆的口吻說道。
「你真的想讓希耶絲塔復活嗎？」
「是啊，當然。」
「那麼，你果然還在喜歡希耶絲塔？」
「我不懂這兩者的因果關係……」
妳的這種推論是怎麼冒出來的，真受不了……
「我跟那傢伙不是戀人，甚至連朋友都不算，只不過是單純的工作夥伴罷了。」
「原來如此，是君塚單戀對方，我懂了。」
「喂妳這傢伙，別亂捏造事實好嗎？」
「有什麼關係嘛，就像校外教學在旅館過夜一樣，大家不是都會聊戀愛八卦？

告訴我又不會怎麼樣？」

「停止妳那種莫名高昂的情緒。是說這種話題也不是異性之間會聊的……喂，等等，我知道啦。聽妳的就是了，別用手指亂戳人啊！」

今天她怎麼異常煩人啊……或者該說。

「夏凪，妳這傢伙，該不會是喝酒了吧？」

起初我還以為是某種香水的氣味，難不成是酒味？我記得在英國的確只要十八歲以上就可以飲酒了。

「你猜呢～女生總是有許多小祕密嘛。」

啊啊，是喔。不過看她這種超嗨的情緒，就算現在暫時沒事，日後恐怕會變成夏凪的黑歷史吧？明天早上，妳該不會抱頭慘叫？附帶一提，我就曾這樣過。

「說嘛？說嘛？君塚對希耶絲塔到底有什麼看法？快點快點，現在只有我一個人聽到而已。」

但夏凪依然糾纏不休。

看樣子她是不肯隨便放過我了……唉，真沒辦法。

「剛才說只是單純的工作夥伴，這點我修正一下。」

我把臉從夏凪的方向別開，仰望著天花板說道。

「那你的心聲是？」

「……稍微有點特別的工作夥伴。」

「呿——！」

「妳果然是來嘲弄我的吧！」

我一個翻身，對夏凪的額頭施展強烈的一擊。

「好痛～～！君塚的彈額頭攻擊有夠痛的！」

夏凪用淚眼汪汪的語氣發出怒火。

怎樣？這下子酒醉也稍微清醒了吧？

「妳不是喜歡被虐嗎？」

「我討厭沒有愛的施虐！」

「真是了不起的被虐狂見解啊……」

拜託，將來千萬不要被沒用的小白臉或暴力男牽扯上啊。

「……哈啊。好吧，反正有你這句話也就夠了。」

這時，夏凪好像終於恢復冷靜了。她自言自語了幾句，便緩緩從床上爬起身。

「夏凪？」

接著她坐在床上，凝望一旁的我。

「交給我吧。」

在月色照耀下，她強而有力地宣言道：

「不論用上什麼手段，我一定會把希耶絲塔帶回你身邊。」

以代理偵探的名義發誓。

夏凪說完後對我笑了起來。

這番話是那麼可靠，足以讓我將自身的所有命運都託付給她。

她的笑容，美到讓我想一直欣賞到這個世界的終結降臨為止。

【某少女的回憶】

從那次縱火事件以後，不知過了幾個月。

「——這裡，是哪？」

我在空無一物的純白房間裡自言自語。

雙親死後，以我為教祖的宗教團體解散了。舉目無親的我，被某個以照護孤兒自詡的組織帶到這座設施。我覺得自己的說話聲帶有回音，所以**這裡又是**某個地下室了吧。

「我會被殺嗎？」

很難擺脫這樣的念頭。即便那些人嘴上說著要保護孤兒的好聽話，但事實上是為了監視我這個擁有特殊能力的人，等一連串的觀察結束後，就會把我處理掉之類的。又或者，這裡是別的宗教團體的設施，也可能我是被某個犯罪組織綁架監禁了。

——不過，事到如今我全都不在乎了。我的這種能力，連身邊的親人性命都無法拯救。不如說，正是由於我，許多人的人生才受到毀滅性的打擊。既然如此，我會受到報應也是理所當然的。

假使我，擁有某種明確的使命感，或者足夠堅強……甚至是勇氣過人的話，是否就能扭轉那樣的悲劇結果呢？這麼看來，神果然是弄錯了該賜予這種特殊能力的對象。

「——有入侵者！往那邊去了！」

突然從遠處，傳來了這樣焦急的呼喊聲。似乎是某個把我帶來這裡的大人發出的。

「——真抱歉，那孩子可不能交給你們。」

接著，又有另一個女生的說話聲，伴隨腳步聲一起接近這個房間。然後我所聽見的就是槍響了。看來她應該就是這座設施的入侵者。這麼說來，那位少女搞不好就是來奪走我性命的死神哩……不如說，我希望那樣的結果發生吧，畢竟——

「這世上已經沒有，任何我可以做的事了。」

我的能力，對人們的未來……只會剝奪、破壞一切的可能性罷了。

既然如此——

「既然如此，這回何不用妳的那種能力，來試著守護世界？」

就在這時，一個跟我腦中結論完全相反的提議，藉由一個通透清亮的說話聲在我耳際響起。緊接著白色的房間牆壁，就被她僅憑一發子彈破壞。登堂入室的少女，朝我伸出手這麼說道。

「米亞．惠特洛克——請妳跟我攜手，與世界之敵戰鬥吧。」

這就是我跟學姊的邂逅。

＊

「當初我可不知道會這麼累……」

終於完成今天的**職務**後，我癱軟在房間的沙發上。

如今我覺得那天好像已經非常久遠了——我被這位《名偵探》，從半軟禁狀態的那座神祕設施帶了出來，現在則生活在英國最高的鐘塔房間裡。

「到底還得寫幾本啊……」

幾乎是在無意識中長時間動著的右手，已經產生疑似腱鞘炎的刺痛及發熱症狀。

我在這裡的工作，就是利用預知未來的能力觀測世界的危機，並統整在名為

《聖典》的書籍裡。據說這是歷代被稱為《巫女》的重要職務，且古已有之。我儘管尚未完全適應，但依然像這樣努力承擔。

『妳看起來很累的樣子。』

這時，從放在我附近的手機，傳出了這種難以判斷是慰勉還是挑刺的臺詞。原來是介紹我這份工作的某人對我發出定期聯絡。

「是啊，真的很累人，這都是託了學姊的福。」

『哎呀，對學姊竟敢用這種語帶諷刺的說話方式啊。』

與我通話的對象，如此促狹地說道。雖說身為《調律者》，她的資歷也只比我早半年而已，但我還是折服於她那種「我可是學姊喔」的抬頭挺胸、得意洋洋姿態，於是便以學姊稱之。

『那我重新問一次，如何？習慣新生活了嗎？』

「……試著在這裡住了半年，好不容易才有點成果吧。」

我一手拿著手機，邊走出露臺邊這麼答道。

『妳果然很不滿？』

「我聽起來像嗎？」

好吧，事實上，這工作的確比我想像中辛苦，有時候我會累到想把一切都拋開。

『不過我覺得，妳能接任《巫女》真是幫了我一個大忙。』

這時，學姊意外坦率地說出她的心聲。

『妳破例將與《SPES》相關的世界危機告訴我，讓我能透過推理把《聖典》所記載的片段事實拼湊起來，這麼一來就能將受損程度壓在最低限度，所以——』

毫無疑問，妳完成了守護世界的職務——學姊以溫柔的聲音對我慰勉道。即便在《聖典》裡，寫明了她將背負比任何人都更殘酷的命運，她也毫不在乎。

「……是嗎？」

學姊直率的這番話讓我感到渾身不自在……但即使這樣。

「嗯，我也覺得，比起以前，現在的生活要好上十萬倍。」

對遠在數千哩外的通話對象，根本沒必要逞強。

「如果是這份工作，我有信心好好運用自身的能力，為了人類而發揮己長。甚至有一天，還能拯救全世界也說不定。因此——」

這時我用力深呼吸一口氣，從距離地表上百公尺的高處遠眺……被禁閉在地下室的那段日子，我絕對看不到這種籠罩在夕陽下的街景。我將眼前的事物深深烙印在眼底並這麼說道。

「謝謝妳，賜給我這樣的風景。」

雖然有點不好意思，但在看不到彼此臉部的情況下我果然只能趁現在說出來。

於是我對手機的螢幕如此告知道。

『妳那種笑容可是犯規的，千萬不要隨便對男生露出來喔？』

「……這、這個手機前鏡頭，要怎麼關掉？」

＊

我原本以為，這種忙碌、充實，且又和平的日子會永遠持續下去。

然而，當我像這樣過著《巫女》生活大約兩年半後的某天。

「不論說幾遍我都反對喔。」

我對那位固定的通話對象，有點發火地這麼傳達道。

「故意讓敵人偷走《聖典》，到此為止還算可以。可是，就算妳說這是欺騙席德的大好機會，總不能讓妳去犧牲吧？——希耶絲塔。」

這是那天學姊對我提議的，為了讓席德這個《世界之敵》上當所設的圈套。她希望我協助她完成這項計畫，最近幾乎是不厭其煩地不斷拜託我。自從學姊認識他以後，明明未來已經轉舵並航向良好的方向才對啊。

『我又不是以自己一定會犧牲為前提，這頂多只算買個保險，充當最終的手段罷了。』

學姊噗嗤露出笑容，同時否定我的質疑。

「……妳真的沒打算去死吧？」

『我是偵探。以米亞觀測到的未來為基礎，我只是預先做好各項準備罷了。』

她語氣溫柔，彷彿在曉諭我般說道。

「可是這項作戰計畫，妳有對他說嗎？」

『他？他是指誰？』

……這位名偵探，妳是認真的嗎？

「呃，妳不是經常提到嗎，就是那個跟妳一塊旅行的男生。」

『啊啊，原來是助手啊。是說，我真的有經常對米亞提起他嗎？』

「嗯，而且每次打電話，妳都會轉述今天跟助手聊了什麼，去了哪裡，還有一起吃了什麼，玩了什麼。甚至連我沒問的部分妳都滔滔不絕說出來。」

我每次都懷疑，自己究竟在聽什麼樣的報告啊，難道學姊本人毫無半點自覺……

『……原來是這樣啊。』

學姊的音量突然變小了，我覺得這樣的她有點可愛，真是敗給她了。

『嗯好吧，可是這事跟助手無關唷。』

她先輕輕咳了幾聲，但還是決定不把這項作戰計畫告訴他。

「既然與他無關，那跟他說也無妨吧？」

『…………』

她沒有回答我。不過就算她本人沒說話，意思也相當明白了。倘若老實對他說，他一定會設法阻止。自己的這個決定旁人鐵定無法接受，關於這點學姊比誰都更清楚。

『但我是《名偵探》啊。』

唯獨這點她是絲毫不肯退讓的，也不能退讓。身為《調律者》，只要與《世界之敵》戰鬥的ＤＮＡ還烙印在體內，即便我如何說服，她肯定都不會改變初衷。而我自己——老實說，打從她一開始找我商量這個計畫，我就看出這一點了。

「那，答應我。」

於是我這麼告知學姊。

「一定要撐到最後一刻，千萬不能放棄。」

我的聲音恐怕在顫抖吧。但這也是理所當然的，我絕對不希望學姊死。然而——不論如何，我都無法對她身為《調律者》的覺悟置之不理。因此，就算這個計畫還是要執行，但至少我希望她不要隨便放棄生命，支撐到最後一刻。我把希望寄託在這個任性的心願上。

『──嗯，就這麼說定了。』

這時學姊一派輕鬆，但又堅定有力地對我點頭。

『妳不知道嗎？其實我還滿喜歡那種完美無缺的 Happy end，意外吧？』

好，我把這件事記在心底。

說完她彷彿很愉悅地露出微笑。

＊

「妳騙人。」

從那以後，又過了半年。

我趴在沙發上，對如今已故的那位恩人少女忿忿地埋怨道。

「不是說妳喜歡 Happy end 的嗎？」

定期聯絡不會再打來了。儘管明知這點，我還是經常在不知不覺中緊抓著手機不放。

「米亞大人，時間到了。」

這時敲門聲響起，同時我的隨從──奧莉薇亞也對我如此出聲道。

「……我知道了啦。剛才我只是看一下現在幾點而已。」

沒錯，即便親近的人死去了，或是明天地球就要毀滅，我都非得繼續完成這項任務不可。給我這份工作的她，一定也是這麼期盼的。我藉由奧莉薇亞的協助換上正式裝束，並在心中這麼自問自答道。

我只需要，觀測已經註定的未來，並默默記載在《聖典》上。我的日常生活僅止於此，做好應盡的義務就算了事。

「那麼要開始了。」

更衣完畢，我為了完成工作走向鐘塔的欄杆。

在夕陽的沐浴下，我首先要閉上眼消除雜念。

沒錯，雜念——就是那些不可能發生的未來。

我的確是失敗了，無法拯救寶貴的恩人，也無法改變未來。不過，允許能突破這種禁忌的人物，假使這世上真有一位的話，那就是——

「《特異點》。」

如果是能將整個世界捲入麻煩的他，或許真能改變未來的發展也說不定。

【第四章】

◆那是去取回遺忘物品的旅程

得到一定的成果後，我跟夏凪從倫敦出發，為了尋求討伐《SPES》的線索而前往下一個目的地。

「唔，噁心想吐……」

在旅途中，夏凪摀著嘴擠出這麼一句。

不過那可不是在罵我喔（大概吧），是暈船造成的。

在搖晃的波濤上，夏凪拚死抓住小型船的船舷，已經陷入頭昏眼花的狀態。我則輕撫著她的背部。

「妳還好吧？想吐嗎？我會裝作沒看見所以妳不必忍喔？」

「在這裡嘔吐的話，身為女主角的好感度就會歸零了，所以我要忍耐……」

「妳這話還真有意思。」

我跟夏凪以前也搭過船，不過那是大型郵輪，所以才一點不適都沒有吧。

「已經看得見島了，再稍微忍一下。」

沒錯，我跟夏凪目前要前往的，就是過去《SPES》用來藏身、當根據地的那座小島。去那裡的理由只有一個，就是為了更深入調查席德這號敵人的真面目。一年前由於在無預警下遭遇席德，所以沒能充分調查那個地方，這回再跑一趟，搞不好能找到跟他相關的有益情報也說不定。

我們產生這個念頭後，就決定從英國前往那座島，現在正像這樣循海路前進。此外，還有個人願意帶我們來這種偏僻的地點。

「預定約十五分鐘後抵達目的地，請偵探小姐跟助手先生提早準備。」

這麼說並走出操舵室的，是那位巫女的隨從——奧莉薇亞。她不只幫我們訂好從倫敦出發的飛機，還像這樣親自駕船送我們一程。

「真沒想到妳連船都能搞定。」

「嗯，如果我認真起來駕駛戰鬥機也不是不可能。」

總覺得她應該從空服員轉職為機長比較好。

「話說回來，真不好意思，要妳幫我們這麼多忙。」

還是一臉蒼白的夏凪對奧莉薇亞致謝道。

「哪裡，為了伺候那位任性的主人我早就習慣了。」

奧莉薇亞靜靜地微笑道，接著又準備返回操舵室。

不過，就在途中她突然停下腳步，背對著我們這麼表示。

「那是因為我相信，如果是二位的話，一定能創造出米亞大人所期待的未來。」

那之後我們跟奧莉薇亞暫時分手，登上小島。

對我而言這是時隔一年的光景——杳無人煙、一片荒涼的孤島。

不過我們還是得朝著理應位於島嶼深處的研究設施走去。

「用走的，太辛苦了吧……」

我想起一年前是夏露騎機車載我去，我只要輕鬆地跨坐在後頭就好。

「夏凪，怎麼樣？妳也差不多該去考駕照了吧？」

「呃，要我去未免太奇怪了吧，不管怎麼說，這都比較像君塚的角色。」

已經從暈船恢復過來的夏凪，好像頗無奈地看著我。

「唔——對開車沒興趣的男人……毫無任何前途可言……」

「為什麼夏凪要關心我的前途？」

總之，以我的觀點，我將來只想坐在能幹女司機的助手席上。

沒錯，只擔任助手的角色就好。

「是說，現在提這個好像有點太晚了。」

走在我身邊的夏凪換了個話題。

「這座島上真的有留下跟《SPES》相關的新情報嗎？呃，你想想，如果有的話夏露早該調查過了。」

是啊，的確……應該這麼說，根本不必去詢問夏露本人，她一定已經親自來過這裡了。事實上，在我那無所事事的一年當中，夏露可是一直在尋找希耶絲塔的遺產，為討伐《SPES》做準備。

「但夏露並不適合動腦。」

「如果她本人在這裡，你鐵定會被宰掉吧。」

……嗯，但我跟夏露從以前就是這樣分工的啊。

「況且，搞不好有某些東西是只有我們才能發現的。」

沒錯，這座島，除了是一年前我失去希耶絲塔的宿命場所，也是夏凪曾度過孩童時期的《SPES》實驗設施所在之地。從這個角度看，各自失去當初記憶的我們，想必有機會能在這裡察覺到全新的事實。

「原來、如此。」

夏凪手指抵著下顎，露出在思索什麼的模樣。隨後——

「既然這樣，在去研究設施以前，我有個想先逛一下的地方。」

她提起了某個對她而言也是久違的地點。

◆一開始的三人

「之前提過的地方就是這裡嗎？」

「嗯，還是跟六年前一樣……啊，不過天花板感覺好像變矮了點？」

夏凪環顧房間，一邊在四處探索一邊說道。

我們目前所在位置，是六年前夏凪極為熟悉、那個以紙箱搭建的小型祕密基地。

「我們三人就是在這裡，制定打倒《人造人》的計畫。」

夏凪拿起放在窗邊的布偶說道。

她所說的三人，是夏凪、希耶絲以及愛莉西亞。直到最近，夏凪才透過跟鏡中的海拉對話，親口說出那些往事。沒錯，對《ＳＰＥＳ》的反抗就是從這個地方……也是從那三人開始的。

「尤其是最先懷疑這座設施的小愛，她自己一個人做了許多調查。」

夏凪說完拿起放在架子上的厚重資料夾。裡面所夾的紙張，恐怕就記載著這座設施所收容的兒童個人資料吧。夏凪啪啦啪啦地快速翻閱，一張金髮美少女的照片瞬間閃過去。像那麼年幼的孩子，也要成為席德的容器實驗品嗎。

「可是六年前，小愛……愛莉西亞死了。接著一年前又換希耶絲塔。至少就現況來說，只剩我一個人了。」

夏凪咬著自己小巧的嘴唇。

被遺忘的過去，無法完成的使命。

壓在夏凪渚纖瘦雙肩上的重擔，即便是跟她有相同覺悟的我，也很難輕易推量究竟有多沉重。

「抱歉，浪費了一點時間。」

夏凪把手裡的資料夾放回架上，「啪」地拍了拍自己的臉頰重新振作精神。或許是為了再一次確認自己的覺悟，她才要來這個跟愛莉西亞她們有滿滿回憶的場所吧。

「哪裡，不必在意。」

我如此回應她，並打開用紙箱做的壁櫥。

本來以為這裡可能殘留下什麼線索……但壁櫥裡只有應該是愛莉西亞打造的幾把步槍而已。

「這麼說來，希耶絲塔的那把滑膛槍，原型也是愛莉西亞製作的吧。」

「嗯，小愛真的像是會魔法一樣，什麼東西都做得出來。」

夏凪想起往事，臉上浮現微笑。

光是聽她形容，我就很想實際見那個人一面。愛莉西亞就是這麼一位高貴而勇敢的少女。

「啊，這裡還有炸彈，姑且也帶走吧。」

「……妳的朋友，真的有取得使用爆裂物的許可嗎？」

◆打勾勾，反悔的人要挨揍

那之後沒過多久，我們就進入《SPES》的實驗設施。既然他們曾以這裡為據點，應該很可能留下跟席德有關的情報才對……

「總之先四處繞繞。」

在看似醫院的建築物中，我跟夏凪兩人進行探索。陽光幾乎照不進來的屋內顯得頗為昏暗，也完全沒有活人的氣息。正當我覺得，像這樣無頭蒼蠅般亂轉是行不通的，並打算前往某個地點時。

「夏凪？」

頓時，我的衣袖有被指尖捏住的感覺。

「……抱歉。」

她表情陰鬱，身體也看似在微微顫抖。

……對喔，考量到這座實驗設施對她的意義，以及過去讓她獲得了什麼體驗，她會變成這樣也不能怪她。

「放心吧。」

我停下腳步對夏凪說道。

「這裡已經沒有會傷害妳的敵人了。」

一年前，這個地點的《SPES》殘黨就幾乎全部消失了。而且正如夏凪自己所說的，中間那段時間夏露應該也來過才對。如今，這裡已經不是需要特別提高警戒的危險場所。

「……嗯，我也明白。理智上是可以接受這點。」

但夏凪的雙腿依然無法動彈。

雖說她可以理解現在這裡是安全的，但，過去所受到的痛苦與恐懼早已牢牢刻劃在她體內。正因如此，夏凪以前才會在不知不覺中誕生出海拉這個人格，由海拉代替自己承擔那些痛苦和記憶。

——既然這樣。

「來吧。」

我轉身背對夏凪，再把雙手往後伸。

「咦？要……背我？」

夏凪發出好像很困惑的聲音。

真是的，要我明講出來不是更丟臉嗎，拜託別這樣。

「嗯，該怎麼說，以現狀而言我沒能力騎機車載妳，但至少可以讓我自己變成載妳的工具。」

說完，我催促夏凪爬上我的背。

「……噗。」

「喂，妳這傢伙笑什麼啊。」

本來是想耍帥的，但後面變得一點都不帥了，這點似乎也被夏凪察覺出來。別戳破我嘛。就算察覺到了也不該嘲笑別人的失敗。

「呼呼，不是啦。我只是覺得這很像是君塚會說的臺詞，可以得滿分唷，不過我不會誇獎你就是了。」

「竟然不誇獎我，搞什麼嘛。」

別廢話了快上來啊，光是擺出這種姿勢就夠丟臉了。

「你要是敢嫌我重，我就要加倍殺死你。」

「我還不至於那麼白目啦。」

「那，我要上去囉……謝謝。」

夏凪低聲說了句，同時跳上我的背。

「咦，真意外啊，你的肌肉感覺鍛鍊過。」

從我的耳朵正後方，傳來了這樣的細語。

「——是海拉嗎？」

跟平常的夏凪相比，音質稍微低沉一些。此外從那個語氣判斷，如今待在我背上的，看來應該是夏凪體內的另一號人物。

「為什麼妳會在這裡？可以隨便冒出來嗎？」

「這回是特例喔。正如你所知的，對主人來說這個地方有點**難受**。」

……所以海拉是讀取到夏凪的恐懼感，才會像這樣跑出來嗎？正如過去，她代替夏凪背負痛苦與恐懼那樣。

「我還以為剛才好不容易讓她平靜下來了說？」

「不，照正常情況背人哪有用，簡直是太土了。主人只是因為個性溫柔，才不忍心拒絕你的提議罷了。」

就在剛剛，震撼的事實被海拉揭穿了。騙人的吧，難不成夏凪始終在顧慮我的感受？搞不好覺得雙方溝通很愉快的只有我而已？可能是因為女生的精神年齡會比外表要成熟也說不定……不過這並不包括夏洛特・有坂・安德森。

「不對，等等，既然這樣，海拉妳幹麼還待在我背上？」

不是嫌背人這招很土嗎？

「沒什麼，只是覺得還要特地下來太麻煩了……好吧，其實——」

海拉這時露出苦笑道。

「就算一次也好，我想做點感覺像是你搭檔才能做的事。」

這麼說的話，我也想起來，以前海拉就曾試圖拉攏我當她的搭檔啊。難道說《聖典》裡的那段記載，本來就是預測到今天這個情境才寫的。

「對了，妳昨天幫了夏凪一個大忙耶。」

聽說解決梅杜莎的那個案子，正是由於海拉得力的表現。我對自己背後的那傢伙，表達拯救我搭檔的感謝之意。

「真是的，明明有兩位名偵探卻總是拜託我。」

海拉在我耳邊，發出帶有無奈之意的輕笑聲。

「我不像那兩人，既沒有強大的正義感，也缺乏義無反顧的熱情，但看來我這個惡魔也會遇到適合惡魔發揮的場面。」

她的自嘲，絕對不是打心底看不起自己。畢竟，過去曾把自己貶低為怪物的海拉，已經透過在鏡中跟夏凪對話而獲得救贖。向來對愛這種情感過度拘泥的海拉，絕非什麼怪物或惡魔，她會被細微的情緒所影響，正是她身為人類的最佳證明。

「哎，只是這招也不能一直使用。真要說起來，現在就算沒有我，主人自身也變得足夠強大了。」

海拉如此總結昨天的經過。

「既然海拉可以從夏凪的身裡跑出來，那希耶絲塔呢？只要妳們想出來，就隨時可以出來嗎？」

我一邊背著海拉走一邊問道：

「真要說起來，我跟那個名偵探的**來源**本來就不同，所以你的問題很難正確判斷。」

以此為開場白，海拉繼續說道。

「但即便如此，那位名偵探會再次從主人的身體裡跑出來，果然是很難想像的事。恐怕正是因為她判斷，多少解除對我的**束縛**也無妨了，反而能更安心在主人的身體裡沉眠吧。更何況……」

我的耳朵可以感覺到，海拉這時輕輕吸了口氣。

「海拉？」

「……不，沒事。我只是覺得，你這傢伙的腦袋裡果然全都塞滿了那個名偵探啊。」

海拉就像在嘲笑我一樣對我咬耳朵道。真是的，太不講理了吧。

「怎麼妳吃醋啊？」

「你下地獄吧。」

「妳比那兩個名偵探更惡毒啊……」

什麼笨蛋或加倍殺死你，跟這種等級的咒罵相比都顯得可愛多了。

「我只是希望主人身邊能有個對象陪伴，才拉攏你當搭檔罷了。老實說，我本身對你一點興趣都沒有。」

「妳騙人，妳跟希耶絲塔不是為了爭奪我才戰鬥的嗎？」

「你以為自己是什麼公主喔。」

海拉好像很無奈地嘆氣道。看來她的情緒也越來越豐富了呢。

「不如說，你這個人讓我有股強烈的怒火。」

這回海拉更為冷酷地放話道。

「你要愛那位名偵探是你的自由。」

「我才沒有愛她。」

「──不過。」

海拉打斷我的話，加重語氣強調道。

「我絕不允許你做出讓我的主人哭泣的行為。」

這是海拉對夏凪永不動搖的信念。不論自己的手有多麼骯髒，都要努力守護主人夏凪的性命——對海拉來說這是絕對不變的誓言。

「好，我明白了。」

我也毫不遲疑地點頭同意。

當然，是為了夏凪渚。

或者說，是為了在無限延伸的可能性當中——也許有某個未來(Route)真的成為我搭檔的海拉。

「那麼，就這麼說定了。」

海拉說完把嘴貼到我耳朵旁邊。

「如果你說謊——就加倍殺死你。」

彷彿能讓人腦子麻痺的說話聲，將兩人份的約定加諸我身上。

「……哎，呀？我……」

接著下一瞬間，那個耳熟的聲音又回來了。

「妳還好吧，夏凪，就快到目的地了。」

我對著背後的夏凪如此出聲道。

「咦……啊，嗯……是嗎？」

霎時，她應該是想通了自己記憶中斷的理由吧。然而在夏凪發出的吐氣聲中，總感覺隱約混入了安心的成分在內。

「啊，真抱歉，一直讓你背著。」

「不必在意。胸部比我想像中貼更緊啊。」

「你剛才不是說你沒那麼白目嗎⁉」

我不理會開始大聲嚷嚷「放我下來」的夏凪，繼續背著她前進——終於，我們搭進了通往地下的升降梯。

「這個，還能動嗎？」

「不知道，一年前是可以動的……」

沒錯，一年前，我跟夏露就是搭這個潛入地下，並在那裡遭遇了《ＳＰＥＳ》的首腦席德。

「嗯？」

結果，怪異的現象從電梯門關閉後瞬間發生。宛如迷宮圖樣的橘色光芒，在這機械鐵箱裡快速閃爍著——最後，在牆壁邊，樓層標示按鈕就像是立體影像般憑空浮現出來。

「……有兩個可以選。」

顯示的樓層為B1跟B2。為什麼這次會出現像這樣的系統，真叫人搞不懂……不過跟上回相比，新增加的樓層應該是B2吧。

我決定先選比較有把握的那個，便按下通往地下一樓的按鈕——結果，升降梯發出「砰咚」的鈍重聲響開始往下降。

「喂，既然還有電，是不是代表這裡可能有人？」

靠在我背上的夏凪不安地對我附耳說道。

是啊，的確是該防備一下那種情況。不過，這次我們身上只帶了最低限度的武器。夏凪那把滑膛槍也放在船上。到了這裡，我們的緊張感終於開始上升。

「夏凪，妳能下來自己走嗎？」

「對喔，為預防萬一，得隨時準備逃跑才行。」

「沒錯，還有我覺得妳果然有點重。」

「其實我搞不好很討厭君塚呢。」

我們這樣東扯西扯的過程中，升降梯也抵達了地下一樓。

這裡便是實驗設施的中心——六年前的夏凪，以及一年前的我，就是在此處遭遇席德的。而如今已經沒有任何《SPES》成員的這個地方，等待我們的竟是——

「……！為什麼妳會在這裡啊？」

設置於房內幾個像是培養槽的水箱裡，其中之一——有我眼熟的那位白髮偵探在沉眠。

◆她一直，陪伴在身旁

「希耶絲塔！」

我想也不想就衝了過去。

設置在房內的圓柱狀培養槽，幾乎都無法從外面看見內容物。但只有一個水槽裡充滿了白煙，還有張熟面孔在當中若隱若現。那人有一頭銀白色的秀髮，閉起眼後更顯得美麗的長睫毛。此外還具備絕不可能被誤認為其他人的美貌。不會錯了，她的名字是——

「不准偷看！」

「好痛好痛好痛好痛！妳的手指！戳到我眼睛了！」

夏凪從背後死命遮住我的雙眼，幾乎要壓爆我的眼珠了。

「搞什麼鬼啊！」

「希耶絲塔什麼都沒穿！所以不准看！」

……原來如此。因為有白煙所以第一眼沒仔細看，所以她是裸體嗎……

「不過，為什麼她會在這種地方？」

我跟水槽稍微拉開距離後思索著。

希耶絲塔在一年前死了，但她的軀體經冷凍保存下來。隨後用這個身體安裝了人工智慧，轉生為女僕模樣的《希耶絲塔》。只是那位《希耶絲塔》，前陣子也在戰鬥中損傷了人工心臟，被送去醫院治療。

「現在應該還在修理不是嗎……」

正當我產生這樣的疑問時。

『所以說這裡就是醫院喔，君彥。』

有第三個人的聲音冒了出來。

我忍不住望向夏凪，但她也詫異地睜大眼睛，朝四周東張西望。

難不成是那個，我再度看向躺在水槽裡的少女——

『你在看哪裡呢？我在這裡呀，這裡。』

聲音出自我的外套胸前口袋，那裡面只有我的手機而已。我膽顫心驚地把手機拿出來。

『你這傢伙是笨蛋嗎，君彥。』

螢幕出現一位身穿女僕裝的少女，一開口就損我。

「……妳在耍什麼花樣啊，《希耶絲塔》。」

而那位生著白銀色秀髮的少女，正在螢幕上優雅地享用紅茶。她的模樣，簡直就像居住在手機這種電子設備裡一樣。

『有必要那麼吃驚嗎？我頂多就是某種人工智慧的存在，所以像這樣移植到數位裝置裡當然是可行的。』

「妳是什麼時候駭入我的手機的……？」

『我才沒做那種事，只是用 Bluetooth 傳過去罷了。』

「這種搬家方式也太輕鬆了！」

所以只要進入她本體所在的這個房間，資料就可以自動上傳嗎……

「咦，所以如果寄信給這座設施裡的電腦，《希耶絲塔》也能看見內容囉？」

『是的，可以。之後請務必跟我好好聊一聊「君塚排名第五十三的討厭之處是什麼？」這樣的話題。』

「別用這種討厭的主題開益智問答大會啊，況且我討人厭的地方也沒到五十個那麼多吧！」

……真是的，沒想到都來這種地方了，我還得被迫擔任吐槽的角色。

「順便問一下，妳從剛才就一直在喝的紅茶是從哪來的？」

『是課金功能。費用會一併包含在君彥的手機話費裡月底結算，所以不必擔心。』

「這是什麼收費機制啊……唉，算了，看妳精神飽滿比什麼都好。」

『嗯，都是託您的福。』

《希耶絲塔》在我手上露出微笑。儘管她的肉體本身還在接受治療，但至少做為人工智慧的《希耶絲塔》平安無事。

「不過《希耶絲塔》，妳剛說這裡是醫院？」

這時夏凪也把手擱在我的肩膀上，腦袋湊過來盯著手機。

『是的。為我們治療的主治醫師，目前以這裡為住處。』

以這個《SPES》的舊根據地當住處？又是另一個聽起來很可疑的話題啊。

『這座設施，或者說醫院，很適合治療我這種非尋常的存在。畢竟《人造人》的開發也是在這裡做的。』

……是嗎，原來要修理她需要一個合適的場地。不過，現在那位主治醫師什麼的傢伙應該是外出了吧。

『對了，那把鑰匙有派上用場嗎？』

這時，《希耶絲塔》突然問起關於那把萬能鑰匙的事。我們這幾天的旅程就是從收了那把鑰匙後展開的。

「有啊，託妳的福已經找到線索了，只是又冒出了其他難題。」

我邊說邊搖晃那把鑰匙給她看。

『那真是太好了。那麼請把鑰匙放入那邊的托盤歸還。』

「妳這人也太現實了吧……算了，反正今後大概也用不到了。」

是說如今希耶絲塔也不可能用這個潛入我家了，還不還都無所謂吧。

『那麼，現在問這個好像晚了點，不過二位為什麼會找上這裡？』

螢幕上的《希耶絲塔》不解地歪著腦袋。對喔，我還沒向她解釋過。

「為了尋求打倒席德的情報，所以跟君塚兩人一起環遊世界……就類似這樣吧。」

夏凪誇張地高舉雙手，好像很無奈地這麼答道。在來這裡的途中，她看起來還滿開心的，這難道是我的錯覺嗎？

『咦，跟君彥二人獨處，是嗎？』

《希耶絲塔》聽了微微揚起嘴角，隔著螢幕注視夏凪。

「……事情就是這樣。這房間好像沒有其他東西了，我們還得去下一個地方搜尋。」

對此，夏凪卻用力把臉撇開，接著朝房間環顧一周。

對那位白髮女僕的捉弄果然只能保持無視的態度。真不知那傢伙是繼承了誰的影響，只要理會她就會無限糾纏上來。

「是啊，底下還有一層要看。希望待會《希耶絲塔》也陪我們一起。」

上回搭通往地下的這部升降梯時，並沒有出現那種奇怪的變化。因此，搞不好我們想要的解答，是沉眠在更下面的一層也說不定。我抱持這樣的直覺，靜靜地握緊拳頭。

『嗯，那倒是沒什麼問題。不過比起那個，君彥跟渚在物理上的距離好像比以前更近了，果然這趟兩人的旅行途中發生了什麼事吧。』

「現在先別扯那個話題！看啊，仔細觀察君塚的臉！不知為何，他正瞪著電梯露出充滿決心的表情！一副努力想耍帥的模樣！」

「夏凪，妳才不要把我的臉當轉移話題的工具好嗎？」

◆世界之敵就是這麼誕生的

「這就是那些傢伙的中樞嗎……」

我望著數公尺外的巨大機械系統，忍不住嘆了口氣。

許多座大型螢幕並排在牆壁邊，前方則是貌似電腦鍵盤，又像噴射機駕駛艙的操作面板。剛才我們乘坐升降梯，抵達地下二層的這個場所，原來才是這座設施的核心區域。

『沒想到還有這些設備，可能是《SPES》的資料庫吧。』

這時依然待在我手機裡的《希耶絲塔》，也興味盎然地觀察這些謎樣機器。雖說只是有可能而已，但搞不好我們想知道的席德情報就存放在這裡。

「不過，這要怎麼啟動？我們連電源在哪都不知道。」

這時，夏凪在我身邊不解地歪著腦袋。的確，首先得把系統打開不然就甭提了。

「——生物辨識。」

聽我這麼說，夏凪微微瞪大雙眼。

「我猜剛才電梯裡的那個機關，可能也是某種生物辨識系統運作的結果。」

一年前雖然也搭過同一部電梯，但如果要思考這次有什麼不同的話……那就是我體內現在有變色龍的種子寄生。因此，先前在電梯發生的那種現象，恐怕就是系統把我誤認為《SPES》幹部的變色龍吧，我的腦中浮現了這樣的假設。

「所以，這臺機器很可能也需要通過生物辨識才對。」

說完，我一個人走到機器前。

待會——我要騙過這個系統。

「…………」

不過，眼前的機械卻毫無反應。原來如此，那我試著快速敲打鍵盤，最後

「砰」一聲用力打下去。結果還是一片寂靜，只有乾巴巴的打字聲在周遭響徹。

「……什麼事都沒發生喔。」

又等了大約十秒，機器依舊一點反應都沒有。

『嗯，只要是君彥想耍帥的時候基本上都會以失敗告終，所以這回我一點也不驚訝。』

「咕，為什麼唯獨我永遠沒有大顯身手的場面啊！」

『待會——我要騙過這個系統。』

「別模仿我說話，也別讀取我的內心把我最丟臉的部分抖出來。」

我對螢幕裡那個氣死人的白髮女僕連珠炮般喝斥道。

「君塚，你可以讓開一下嗎？」

夏凪輕輕揮著右手趕我走，代替我站到機械面前。

然後，就在這一瞬間——

「……！啟動，了……？」

宛如巨大鍵盤的操作面板，瞬間亮起橘黃色的光芒，緊接著上方的螢幕開始冒出無數跑動的文字列。怎麼看都像是生物辨識已經成功通過了……不過，為什麼夏凪可以？夏凪只是跟我一樣繼承了《種》而已啊……啊啊，不對，我懂了。她跟我不同，她跟其他《ＳＰＥＳ》幹部也不同。

「我可是席德信賴且獨一無二的幹部——海拉呀。」

信賴——既然席德都把海拉視為是自己的容器了，用這兩字來形容他們的關係似乎並不合適。不過，即便如此夏凪還是用了這個詞。那必定是因為，她知道海拉曾想要向席德索求疼愛的緣故。

「這樣應該算成功啟動了吧。《希耶絲塔》，接下來可以拜託妳嗎？」

『嗯，只要突破第一道關卡，要入侵資料庫應該不成問題。』

從夏凪那接棒後，《希耶絲塔》暫時從我的手機螢幕消失，不過下一秒鐘她就將住處移到眼前的大螢幕上。

『這裡有席德保有的《種》一覽表、容器候補的孩子們的實驗資料，以及其他許多跟《SPES》相關的情報，好像都能進去讀取……你比較想知道什麼？』

許多畫面在螢幕上跳來跳去，看起來宛如在抽出檔案。這簡直就像以物理的方式進行駭客行為。

「就現況，最重要的目的是找出席德的弱點。」

我想起來這座島之前，在倫敦所閱讀的希耶絲塔信件內容。

希耶絲塔曾想找出席德無法適應地球環境的具體理由，那個應該是我們能成功討伐席德的關鍵才對，也是我們現在最優先需要知道的情報。

『我試著進入席德個人的資料。』

《希耶絲塔》說完又從螢幕暫時消失，但很快便在黑色的畫面上顯示出幾何學圖案的3D立體模型。

「——這就是原初之種嗎？」

那顆《種》正是席德的本體，也是所有《人造人(Clone)》的生父。

此外光看這個在旋轉的3D模型，就能發現《原初之種》跟我所吞下的變色龍種子在構造上有些許不同，很明顯《原初之種》的表層有類似外殼的東西。這外殼究竟是要保護什麼用的？

「席德就是打算用這種型態，潛入容器體內並霸占主導權。」

這時夏凪仰望大螢幕，瞇起眼喃喃說道。

「然而至今為止他失敗了好多次……因此才打造這座實驗設施，為了培育能承受自己種子的堅固容器。」

這麼解說的夏凪，想起了過去的自己以及那些犧牲的友人，不禁用力咬住下唇。

正如她所言，《原初之種》無法輕易與人類的身體融合。好比蝙蝠那傢伙，連普通的《種》都無法完全適應，出現視力退化的副作用一樣。一旦體內接受《原初之種》，恐怕得付出嚴重好幾倍的代價……做為容器的肉體會被奪走數倍的養分。

正因如此，席德才要一直尋找不會被自己吸乾、永不枯竭的人體容器。

『恐怕在這麼做的過程中，席德也培育出了更強大的存在。』

《希耶絲塔》的聲音突然從機器中傳出來。

『席德以這種種子的型態進入生物體內，便能從細胞的角度理解人類的身體構造……或許正因為這樣，他才學會如何變成人的模樣。此外之所以能複製具備特殊器官的人造人，想必也是出自同一個原因。』

……沒錯，席德自從飛到這顆行星以來，就持續不斷地進化。恐怕那都是出於他的生存本能吧。

「不過，就算這樣席德應該也有弱點才對。」

如果他沒弱點，就不必這麼千辛萬苦尋找人類當容器了。畢竟無法適應地球環境這個因素，正是他的最大弱點。

『是的，可惜目前找不到相關的資料。』

不知何時，《希耶絲塔》已返回我的手機。只見她搖搖頭。

好吧，事情果然沒那麼簡單。既然這樣的話。

「《希耶絲塔》，可以查出席德跟人造人每次的行動紀錄嗎？」

就算沒有直接的情報，在龐大的資料庫裡或許也能透過間接的方式挖掘出事實。藉由《聖典》對部下下達命令的席德，某種程度應該會留下詳細的紀錄才對。

『看起來應該辦得到……不過聽君塚這麼說感覺有點恐怖，就好像什麼變態跟蹤狂一樣。』

「誰會去跟蹤敵人啊，如果是翻同班女生的住家垃圾桶倒還另當別論。」

「另當別論個大頭。感覺君塚是有可能做出這樣的事，好恐怖……」

夏凪抱著自己的肩膀，飛也似往後退開。奇怪，有必要怕成這樣嗎？

「……啊，不過等等。既然要跟蹤甚至翻對方的垃圾桶，就代表喜歡對方到了瘋狂的程度吧？也就是心裡的愛意再也無法按捺？……如果是這樣，好像可以接受？」

「最好是啦。不要破壞我剛才裝傻的笑點好嗎？」

當我們像這樣胡鬧的時候，《希耶絲塔》似乎正忙著解析資料庫，只見螢幕上不停羅列出包含席德在內的《ＳＰＥＳ》成員詳細行動紀錄。

「──是海拉。」

就在過程中，夏凪發現了另一個自己的名字。

「看來她比誰都努力工作啊。」

望著足以淹沒整個螢幕、長達數年的海拉行動資料，我不禁喃喃說道。

她身為《ＳＰＥＳ》的幹部，以及席德的左右手，比其他人都更忠實地達成任務。至於她遲早有一天會充當席德的容器而被消耗掉這個命運，她當初想必是一無所知吧。

「可是，海拉以外的幹部，都沒什麼顯眼的行動耶。」

夏凪看著資料，似乎突然察覺到什麼般很不可思議地脫口而道。

「例如地獄三頭犬跟變色龍嗎？嗯，的確，與其說那些傢伙是穩健派，不如說他們給人一種在暗中偷偷活動的印象……不對，等等。」

就在這時，有個直覺像電流般閃過我的腦海。

「原來是這樣啊？」

我看著螢幕，確認那些《人造人(Clone)》的行動模式。

「《希耶絲塔》，把席德跟那些人造人的行動紀錄……包括時間、地點、當天的天氣等，全都重新列出來來。」

『明白了，就當作是你幫我課金的回報吧。』

於是《希耶絲塔》再度入侵資料庫，試圖抽取情報。

「君塚，難道說……」

夏凪的紅眼瞪得大大的。看來她似乎也導出了跟我一樣的假設。

「是啊，我們搞不好找到了可能是席德弱點的資訊。」

當然，假設頂多只是假設。沒有足夠的樣本以及明確的證據，最後就只能以妄想作收了。但即便如此，我們還是窺見了希望。把那些資料整理好，反覆推敲，最後要是能再加上實證，一定可以——

『君彥，很抱歉。抽取資料還在進行，但我們可能沒那麼多閒功夫了。』

這時，我從手機聽到《希耶絲塔》這般的說話聲。接著下一瞬間，一個陌生的電話號碼就打了進來。

「……這個時機打來的電話也只能接了吧。」

在臉色凝重的夏凪催促下，我只好按下通話鍵。

「喂喂？」

結果從聽筒傳來的是。

『君彥嗎？仔細聽我說。』

最近才認識的某位少女說話聲，彷彿在強力壓抑內心焦慮般如此告知道。

『你們現在立刻回日本——因為二十四小時內席德就要襲擊日本了。』

那是《巫女》米亞・惠特洛克，對世界危機發出的預言。

【某男子的自述】

「……我、我快累死了～」

伴隨微弱的說話聲，少女癱軟地在原地坐下。

平常明明有激烈的歌唱和舞蹈練習，體力應該要比普通人好才是……但即便如此她還是像這樣示弱了，就代表真的是體力到達極限了吧。既然如此，也沒辦法了。

「再訓練一小時就休息。」

「你是魔鬼嗎！」

一頭挑染的秀髮凌亂不堪，這位少女——齋川唯像惡犬一樣吠叫起來。

「休息！休息！現在馬上休息！我要發動屋主的權限！」

說完她直接躺平在道場地板上，卯足全力胡亂扭動身軀。看來她是打定主意躺著不想起來了。

「那麼等妳五分鐘。」

那之後，我們離開加瀨風靡的公寓，隔天，才把地點轉移到位於齋川宅邸的武道場。隨之展開的《左眼》覺醒特訓，今天已經進入第三天了，但還很難說修行已經有了一定的成果，照這樣要去跟席德對抗，恐怕是根本不可能的事。

「聽好，妳的左眼，比普通人所能獲得的視覺資訊，可說是壓倒性地多。妳必須活用這點把對手的行動……」

「休息中禁止講解！蝙蝠先生你也休息一下吧！」

被這種年幼的少女斥責還真是我自身罕見的經歷。抱持這種新鮮感，我把右耳的《觸手》收回體內。至少要到她可以完全避開我的這種攻擊為止，才算是她的《左眼》有了一定的鍛鍊成果。

「我原本還以為，訓練的目的是要長出那玩意。」

這時齋川唯坐了起來，發出這樣的疑問。

「你想想，我體內不是也有《種》嗎？因此搞不好從這顆左眼，也能長出那種扭來扭去、像觸手一樣的東西。」

雖然還滿噁心就是了——齋川唯語帶厭惡地咕噥道。

「哈哈，妳沒必要長那種東西。不，應該說妳不能長那種東西。」

我一邊自嘲，一邊講解這《觸手》的構造。

「看似觸手的這個，其實是種子發芽後伸出的玩意。它的硬度跟伸縮性都可以自由控制，不論切斷幾次都能重新長出來……做為武器的確是方便好用。」

「既然這樣……」

「可惜。」

我打斷藍寶石小妹妹的話。

「所謂發芽，就是《種》從肉體抽走養分的結果。」

沒錯，《種》會給人類帶來驚奇的身體能力與恢復能力，或者要說超能力也不為過，但相對地，也會向人體索取大量的養分，這就是副作用。所謂有得必有失、雙刃劍──席德的種就是這類玩意。

「所以，蝙蝠先生的視力才……」

是啊，正是如此。我雖然獲得了蝙蝠般的耳朵，但代價就是視力被《種》剝奪。《SPES》裡也有許多跟我一樣的**半人造人**，壽命幾乎都變成養分了，最後還有人枯竭而死……不，能迅速迎接死亡倒還好，假使養分被《種》消耗殆盡，但肉體卻還沒死去的話，屆時……

「不過小姐的情況，應該不必擔心吧。」

我並不是在安慰人，只是對同樣體內有《種》寄生的她，說出不可動搖的事實罷了。

「不知小姐算幸運還是不幸，被席德挑中、成為容器的候補人選。因此，那顆名為《左眼》的種，事先經過了適當的處理，確保盡量避免發生副作用才植入身體。如今突然發芽的可能性應該很低。」

實際上，她年幼時罹患的眼疾，後來已透過《種》驚人的恢復能力徹底治好了。因此如今她還會發生副作用的機率必然非常低。

「……是喔，所以希耶絲塔小姐跟海拉小姐體內的《種》，也不會長出《觸手》吧。」

「是啊，換言之這也是容器候補的條件——能順利壓抑《種》失控，也不易引發副作用的個體。」

也就是說，當《種》發芽時，就代表某種副作用即將出現……或者該說是副作用已經出現的信號。

「君塚先生他，應該沒事吧？」

齋川唯聲音微弱地擔憂那個如今不在這裡的男子。

「那傢伙為了促成自己的心願，根本不在意風險吧。」

更何況木已成舟，現在外人也沒有置喙的餘地了。既然是那小子親手選擇的未來，即使要走上修羅之道也沒人能阻止他。

「現在比起別人的事，妳還是先關心自己吧。」

雖說她沒必要擔心副作用的事，但身為席德看中的容器，也代表她隨時都會有生命危險。除非打倒席德，否則她的人身安全就永遠無法獲得保障。

「呼呼，沒想到蝙蝠先生對我保護到這種地步呢。」

結果藍寶石小妹妹不知為何笑了起來。

「啊，不過不論怎麼關心我，也不可以愛上偶像唷。畢竟你又不是君塚先生。」

說什麼無聊的話。別把我當成同伴隨便聊起天好嗎？

「哈，從剛才開始妳就一直提起那個男的。」

結果等我回過神，才發現也自然跟對方閒談起來。

「……請別抓著我的弱點攻擊好嗎，我可是專門負責裝傻、嗆別人，以及亂開玩笑的角色。」

原來如此，跟他人溝通，還真困難啊。這幾年，我一直關在那棟別墅裡，幾乎都快忘了怎麼說話了……不，以我的情況應該是打出生就是這副德行了吧，哈哈。

「不過，為什麼要過度保護我到這種程度呢？」

這時她話鋒一轉，對我這麼問道。其實真要說起來，我並不想在這個話題上糾纏不休。

「感覺，妳們有點像吧。」

但，這也不是什麼必須迴避的話題。

我眼皮底下浮現那傢伙很久很久以前的容貌，這麼喃喃說著。

「嗯？但我是日本人唷。」

她已經看穿我在指誰了嗎？

齋川唯認為，自己的長相恐怕跟那傢伙——也就是我的妹妹不像，所以才發出疑問。

「是啊，如果只論外表，那妳的推測沒錯。小姐的同伴當中，應該是那位特務少女最接近吧。我猜她應該也是一頭金髮、祖母綠色的眼珠？」

「啊，是的，你是指夏露小姐吧……是喔，所以令妹，跟你有一樣的髮色和眼珠顏色。」

沒錯，就在那棟豬舍一樣的屋子裡，當時還年幼的那傢伙，一頭豔麗的金髮就像太陽般閃閃生輝，笑的時候眼珠也像寶石一樣閃爍著光芒。她對我笑著——那已經，是超過二十年以前的事了。

「所以，我的內在跟蝙蝠先生的妹妹很像，是這個意思嗎？」

「嗯，或許吧。」

我再度回溯往昔的記憶說道。

「好比非常囂張猖狂這點。」

「跟我一點也不像嘛！」

「胡說八道什麼，根本一模一樣。」

就連這種認真歪著腦袋的姿勢也很像。

「傲慢、任性，還充分掌握我看到她的笑容就無計可施這點——但，那傢伙也是個本性真摯、溫柔，時常為他人著想的堅強少女。」

正因為有這樣的妹妹，我才——

「好了，休息到此為止。」

我把湧到咽喉的話全部吞回去，催促對方繼續特訓。

不知不覺聊太久了。一想到很快就要對上席德，我就得將堆積如山的技巧傳授給藍寶石小妹妹才行。我邊思索這些邊抬起沉重的身子——但剛好就在這時。

「蝙蝠先生。」

齋川唯呼喚我的名字。

「可以再聊一下關於那個人的事嗎？」

「……怎麼了？」

接著，她說出了將會左右我們未來命運的一番話。

「君塚先生傳訊息過來——不久後，席德就要來我們這裡了。」

【第五章】

◇另一位敘事者

——位於日本某處的某座廢棄工廠。

「蝙蝠先生，你沒事吧！」

雨聲敲打著工廠屋頂，藍寶石女孩——齋川唯叫著我的名字。其實音量不必那麼大我也聽得見的，但或許是因為我的外傷看起來很嚴重，她才如此焦急吧。

「……哈，這點小傷不痛不癢啊。」

其實，我這個幾乎失去光線辨識能力的眼睛根本看不見傷勢。

逃入這座廢棄工廠後，我靠在生鏽的柱子上發出嗤笑。如今，我們已離開齋川宅邸，為了躲避敵人追擊逃亡了超過半天以上。

沒錯，敵人奇襲——看來席德比想像中更需要新容器。但話說回來，那傢伙也沒有親自現身。也就是說，光憑《ＳＰＥＳ》的殘黨之流就把我們逼迫成這樣，看來我在那座別墅關太久，戰鬥技巧都退化了。

「不痛不癢的人會流那麼多血嗎！」

這時，藍寶石女孩不知為何生氣了，她用手帕按在出血特別嚴重的部位試圖止血。

「不知道過度保護的人是誰喔。」

接受小我二十歲的少女照料，真叫人坐立難安，於是我隨口開起玩笑。

「把這個叫過度保護未免太大驚小怪了吧。假使是君塚先生受傷，我不抱住他並摸頭安撫的話，他可是會大哭大鬧的。」

那個男的，平常都在幹麼啊。

「好吧，實際上右耳被打傷的確很棘手啊。」

席德種子所附著的部位是我的右耳。假使這邊損壞了，我就無法使用蝙蝠般的聽力。這麼一來連敵人來襲都察覺不到。

「是說當初，我一時輕忽讓那傢伙逃走了，現在也算是報應吧。所謂的人生，就是這麼戲劇化。」

追殺我們的《SPES》殘黨，就是以前想用弩箭刺殺藍寶石女孩的男子。那時與其抽空吸菸，還不如直接追上去幹掉對方。

「那個人也是《人造人》嗎？剛才逃跑的時候，我好像看到類似觸手的東西。」

「那傢伙跟我一樣，是勉強讓《種》植入身體的半人造人。以前我還在組織時，聽說那傢伙具備用毒的能力。」

看來剛才擦過我右耳的箭矢，事先也淬了毒。的確很像是殘黨會使用的卑劣手段。記得那男的代號是**水母**吧？或者是另一個更帥的名字，我早就忘了。好吧，反正他在故事裡頂多是個配角。這麼說來，當初我不去追那傢伙而是留下來享受一根香菸，並不是什麼錯誤的選擇囉，哈哈。

「君塚先生怎麼還不來呢……」

藍寶石女孩一邊幫我療傷，一邊低聲說道。沒錯，正是那小子發來的訊息，才能讓我們提早得知敵人將要襲擊。

「當那小子不在現場妳就變得特別坦率啊。」

「……嚴禁嘲弄我。既然是個帥氣大叔至少該體諒我這點吧。」

她飛快地說著並用手帕緊緊包住傷口。這女孩的心意也太好猜了。

「妳認為那小子說的是真的嗎？妳相信他嗎？」

那之後，又有一封訊息傳到藍寶石女孩這裡，上頭記載了關於席德的**某個假設**。我想再一次確認那件事的真偽……以及她對君塚君彥的信賴程度。

「是的，不論什麼時候我都相信君塚先生。」

結果她二話不說馬上答道。

「正因為我相信他，我才會握住麥克風而不是手槍。」

「……啊啊，原來是這樣。」

她不願為復仇而活，而是做好與同伴一起前行的覺悟，正因如此，這女孩才能如此斷定吧。不怨恨，不懷疑，而是原諒、相信，消除內心的迷惘，唯有這樣，她臉上才能展現笑容。人們或許會嘲笑這只是動聽的場面話，但齋川唯卻能用手中一支麥克風折服眾人。她就是如此堅強。而且毫無疑問地，她所具備的是我向來缺乏的事物。

「齋川！妳沒事吧！」

霎時，工廠沉重的門打開了。

「君塚先生！」

時機無比巧妙，簡直就像拯救信徒的神仙一樣。雖說藍寶石女孩並沒有因此拋下幫我包紮傷口的工作，但依然對現身的救世主發出讚嘆聲。

「我一直在等你呢……真是的！這三天沒能跟你說話的份，之後一定要讓我好好撒嬌彌補回來。關於之前吵架的事……我就不過問了。」

「哈哈，真抱歉啊。」

「嗯？君塚先生如此坦率……還真是少見呢。」

藍寶石女孩儘管感到疑惑，但依然為同伴的歸來鬆了口氣。

她竟信賴那小子到如此程度。那麼，我這時是不是該稍微嫉妒一下。

「哎呀，對了渚小姐呢？」

「啊啊，她會晚一點到，等下就來了。」

這時君塚君彥的聲音邊回答邊朝我們這邊靠近。我的眼睛看不見，自豪的右耳也暫時無法使用，所以很難判斷雙方的距離。

「對不起，包紮的手帕好像鬆了。」

我暗示藍寶石女孩重新綁好手帕。

「咦？啊啊，真是的，蝙蝠先生果然讓人放不下心。」

她邊抱怨邊靠向我這邊，不知為何語調有些尖銳。

抱歉我不會把這女孩交給你——這是我傳達給對面那小子的言外之意。

「蝙蝠，真多虧你保護齋川到現在啊。」

「哈哈，什麼話，我這麼做又不是為了你。」

簡直就像以一名女子為賭注，雙方半開玩笑地鬥起嘴來。真是的，為什麼我非得做這種事不可，但儘管心裡這麼想，我還是努力扮演舞臺上的角色。

「原先我們相遇的時候就是敵人的立場。我不可能去做對你有利的事。」

沒錯，我跟這小子絕不會為對方著想，這是打從一開始就決定好的關係。

「可是蝙蝠先生已經跟《ＳＰＥＳ》斷絕往來了吧？既然如此……」

這時，齋川唯表達內心的疑問，對此我的答案是——

「哈，其實當初我加入《SPES》也是另有目的。」

我重新強調，自己打從最初就不對《SPES》抱持任何忠誠。

「以前，我有個年紀比我小很多的妹妹。然而我們生長的家庭實在是**太糟**了，為了減少家裡的負擔，到了她六歲就把她送去孤兒院。嗯，這對生在貧民窟的人來說也是家常便飯就是了。」

我一邊訴說往事，一邊用手摸索出香菸點燃。

「然而那時的我也太稚嫩，真心認為自己總有一天會逃出那個豬窩般的世界，並把妹妹接回來。我輟學工作，到了十三歲時為了更有效率賺錢就開始從事非法勾當。本來是做著類似走私的工作——結果這時得知了《SPES》的存在。」

我揚起臉，將煙霧高高吐出去。

「不久後，我查出那些傢伙跟我妹去的孤兒院經營者有關，由於覺得此事十分可疑，我就設法混進了《SPES》。」

「所以，這就是蝙蝠先生加入《SPES》的目的……」

「沒錯。然而調查越深入，我就越覺得妹妹的安全受到威脅。體認到已經不能再浪費時間的我，便選擇了禁忌的手段。」

「就是偷走席德的種嗎？」

這回換成君塚君彥的聲音，對我這麼問。

「是啊，我以為只要擁有能聽到百公里外聲響的《耳朵》，總有一天就能和妹妹重逢。實際上，我也用這種能力盜取情報，找出孤兒院的所在地點……但妹妹已經不在那邊了。即便如此，我依然聽從席德的命令在世界各地奔波，堅信兄妹一定能再相會。像這樣十年以上的歲月流逝了，最終——」

妹妹死了。

「不，應該說早就死了比較合乎事實。我花十年以上收集情報，最後，卻得知妹妹早在很久以前的實驗就去世了。與此同時，我的企圖也被發現，隔了十年受到席德的處分。」

這裡所指的就是四年前的劫機事件。

到此我正式跟《SPES》分道揚鑣。

「不過，我依然沒放棄那個目標。我在心底發誓，直到跟妹妹見面前自己都不能死。之所以會有這種想法，是因為我在《SPES》麾下於世界各地奔波時，耳聞一項謠傳。」

「——吸血鬼。」

親眼目睹過那個存在的齋川唯低聲說道。

「是啊，沒錯。擁有能讓死者復活的能力——正是吸血鬼。假使謠傳是真的。

那我就能再次見到妹妹了。」

「可是，那種能力……」

「是啊，妳說對了。那傢伙所謂復活死者的能力，並不是我期盼的那樣子。」

史卡雷特所創造的《不死者》，是除了生前最強烈本能外、其他一切都喪失的殭屍，那根本不能算是真正實現我的心願。

「因此我的目標完全崩潰了，我永遠也無法實現那個願望。」

「所以才轉而提出要協助我們？」

君塚君彥的聲音又問。

既然自己的願望無法實現，至少能成為其他人的助力，類似這樣。

「哈哈，拜託啊，你以為我是那種偉大的人啊？」

真沒想到，他是會開這種無聊玩笑的傢伙。我把吸完的菸蒂捻熄在水泥地上。

「這就類似我這個人的殘渣一樣。把抹布扭乾後，最後只殘留下一點汙水。這連意志都稱不上，頂多像是某種執念吧。如果真要為這種念頭取個名字，如今驅使我行動的，只是一種以無謂**復仇心**為名的內在衝動——」

我吐出這番話，鞭策稍微恢復的身軀重新站起來。

「蝙蝠先生……？」

「快去我背後躲好。」

齋川唯發出很不可思議的狐疑聲，我則把她擋在自己後頭。

「我最後一件留下的工作，就是這個。」

這時，我把槍口對準從剛才就一直**偽裝成君塚君彥的那個男人**，並這麼宣布。

「我要親手宰了你——席德。」

◇反派

就這樣我毫不遲疑地發射子彈，直接貫穿席德的前額。

——然而。

「原來如此，被發現了啊。」

那傢伙對此卻毫無反應，只是淡淡地說了一句。看來前額開個洞這種程度的傷害，是無法阻止敵人行動的。

不過，即便如此，還是可以清楚分辨那傢伙的音質跟語氣都跟先前截然不同。我那失明的雙眼儘管看不見，但恐怕如今他已從化身為君塚君彥、恢復成原本的模樣了吧。我記得他最原始的樣子，就是一個白髮青年。

「怎麼會……」

齋川唯則在我身旁愕然地喃喃說道。

正因為她視力超群所以才會被騙吧。佇立在我們面前的這個男人，正是所有《人造人》的生父，也是我們最強大的敵人——席德。他透過任意變化外觀的能力，假裝來拯救同伴，但其實是為了搶奪齋川唯這個容器。

「你是怎麼發現的？」

席德在我的槍口底下，依然平靜地這麼問道。

「這個嘛，本來可以聽到百公里外聲響的耳朵已經受傷了，所以現在的我，理論上應該無法識破你的真實身分才對。」

但很抱歉，席德，只有你擁有特殊待遇。

「我全身的細胞，以及每一滴流動的血液，都為了不要漏聽仇敵的心跳聲而猛烈蠢動著。因此即便你逃到地獄的最底層，我的這種悸動也不會平息。」

我這麼告知對方，再度憑敵人的氣息所在開槍。

「我為什麼需要逃？」

結果並沒有命中的手感，只有這種毫無情感的冰冷聲音做回應。緊接著——

「危險……！」

感覺下腹部受到輕微的衝擊，不過這並非來自敵人……是那個藍寶石女孩嗎？

我直接讓身體放鬆，順著她推我的動作倒下去。

「……我竟然推倒了一個高大的成年人。」

「不，妳的判斷很對。多謝搭救。」

我隨手摸了摸她的頭便站起身。

「原來如此，那女孩也學會使用**我的種**了嗎？」

咻、咻——我聽見某種撕裂空氣的聲響，恐怕是席德正在揮動《觸手》吧。幸好剛才快速預判攻擊的藍寶石女孩非常警覺，才使我避免受到致命傷。

「跟你沒關係，都是託了蝙蝠先生特訓的福。」

齋川唯站在我身邊如此告訴席德。

「以現在我的左眼，可以輕鬆掌握你的行動……！」

沒錯，這就是齋川唯《左眼》的嶄新運用方式。一般說來，人類要做出某個動作時，身體其他部位的肌肉會先出現反應。而這種可稱之為預備動作的**前兆**，只要利用藍寶石左眼便能提早數秒捕捉到。只要她願意，甚至連對手每根肌肉纖維的狀態都能加以透視，這就是她左眼的潛力。當然，之前訓練的時間還不夠，她還無法達到完全覺醒的程度。

「只要有這種能力，無論任何攻擊都能避開。管你是人造人還是外星人，我們都絕對不會輸。」

齋川唯依然以這種堅強的口氣，表達出跟我並肩作戰的意志。

對如此可靠的盟友，我卻——

「不，妳現在馬上逃離這裡。」

單方面要求她臨陣逃脫方為上策。

「讓我爭取時間，現在的我還有這種實力，至於小姐妳……」

「──我不要！」

即便不使用那《左眼》，她一定也能看穿我這麼說的意思吧。

「為什麼？你總不會想說『這裡交給我妳先走』吧？現在早就不流行那種臺詞了。」

齋川唯滔滔不絕地發出抗議。

「基本上，蝙蝠先生根本不適合說那種臺詞。那一類耍帥的話，只適合自以為無所不能，但其實很遜又缺乏自覺的主角氣質高三男生來說，那才是王道。況且，蝙蝠先生過去曾是敵人，現在卻變成我們的同伴，像你這種硬派的帥氣大叔角色千萬不能說那種話。畢竟，畢竟，畢竟……」

「快趴下！」

看來只有這次，我的直覺贏過了她的《左眼》。為了保護齋川唯而刺入我背後的《觸手》，讓我明白這一點。

「畢竟，那種話就像你已經知道自己會在這裡戰死一樣。」

齋川唯似乎正在哭。

真是不可思議。我以為每一個保住小命的人，都該感到更高興才對。

「每個人，都有自己該扮演的角色。」

我忍耐幾乎要讓意識瓦解的劇痛，努力抱持冷靜告訴她。

「正如夏凪渚繼承前任名偵探的遺志要打倒世界之敵，又好比齋川唯決定背負雙親的思念繼續歌唱，而我，也肩負著獨自留在戰場的使命。」

「這種事……這種事，只是為了保護我而已吧……」

「哈哈，別搞錯了，我不是為了守護小姐。」

這時我撐起自己的身體，背對齋川唯說道。

「我留在這裡的理由只有一個，就是親手宰了那傢伙。」

沒錯，絕不是為了守護誰而犧牲。

我所扮演的角色，就是用這雙手，讓仇敵再也無法呼吸。

「──原來如此，你也是不良品種嗎？」

下一瞬間，即便是失明的我也能清楚感受到，某種像瘴氣的東西從席德的方向噴發出來。看來應該是有無數的《觸手》正撲向我吧。

「那麼，只好由我這個父親做疏苗了。」

緊接著那銳利的觸手尖端，像鞭子一樣朝我揮來──不過。

「該被刈除的是你，席德。」

只聽見液體噴出的聲響，想必是有把銳利的刀刃一舉斬斷了《觸手》吧。

「夏露小姐……！」

跟同伴會合後，齋川唯顯得安心多了。

「真抱歉，我這邊也受到敵襲所以來遲了。」

那位金髮少女這麼解釋，並甩了一下劍，把上頭附著的席德體液清掉。

「但與此同時，我也把所有殘黨收拾了。」

原來如此，看來她把打傷我耳朵的男子也收拾掉了。此外她在這個時機登場，更是如我所願。

「能麻煩妳嗎？」

「……那本來就是**我**來這裡的任務。」

啊啊，她這麼善解人意真是太好了。我雖然討厭那個女刑警，但她卻培養出這麼一位優秀的特務。

「……唔！夏露小姐，妳做什麼！」

被同伴抱起的齋川唯發出困惑的喊叫。

「抱歉，唯，之後隨便妳怎麼揍我都沒關係。」

說完，身為救兵的少女就把齋川唯抱起來，轉身背對我。

「希望你能平安無事完成使命。」

她拋下的確很像是特務會說的這句臺詞後，就逕自離去了。

這時在我的耳邊，還依稀聽到那位年幼少女的哭泣聲。

「這就是你這傢伙期望的發展嗎？」

好像有什麼東西燒焦的聲響，但其實剛好相反，這是席德《觸手》再生時所發出的動靜。

「若是那樣，那就是你失策了。讓那位容器少女在臨死之際逃走，只會大幅提升她體內萌芽種子的生存本能，讓她變得更適合成為我的容器。」

是啊，或許沒錯吧。前陣子，齋川唯在巨蛋演唱會遭受襲擊的事件，也只是用來單純嚇唬她罷了。故意讓她陷入有生命危機的情境，就可提高生存本能，並增強容器的堅固程度。只不過這些事，現在跟我一點關係都沒有。

「哈哈，要讓我說幾遍啊。我留在這裡的理由只有一個——那就是親手殺了你。」

這時，我**從右耳伸出觸手並以尖端對準席德**。

「是嗎，看來你體內的《種》還沒完全死去啊。」

沒錯，即便我的肉體快死了，我還剩下這個。兒子把父親殺死，不覺得是一種相當有意思的情節嗎？

……哈哈，真不賴。到了最後的最後，終於變得有趣起來。既然如此，像電影要落幕一樣，我過個男主角的癮、扮演正義使者也算是樂事一樁吧。

「依循自然之理，讓你斷氣。」

席德伸出的無數銳利《觸手》朝我逼近。

而對於眼前這場最後之戰，我脫口送上一言。

「哈哈！要死的人是你！」

不過，原來如此啊。

看來只要當過一次反派，就很難輕易抹去那種氣質。

◇那就是最後殘餘的生存本能

雙方的《觸手》開始纏鬥，互相以尖端瞄準對手的左胸、咽喉，以及頭部。四散飛濺的體液，血腥味瀰漫。我的《觸手》跟席德是同樣種類的，光看這點戰況應該不會差太多，但席德畢竟是所有《人造人》的生父（Original），所以擁有變色龍那類複製體所具備的全部特殊器官和能力。

在如此壓倒性的怪物面前，即便我擁有二十年來持續精進的蝙蝠耳，但本來只是一介普通人類的我，究竟可以撐幾分……不對，是幾十秒鐘呢。

「沒用的，你已經撐不了多久了。」

席德缺乏情感的聲音從遠處傳來。

但這並非雙方的物理距離很遠，恐怕是我的意識開始模糊了吧。膝蓋跪地的我，試圖用手撐起自己，但我這時才想起自己已經沒有右手了。

「……哈哈，真是苦戰啊。」

我的右手承受席德《觸手》的斬擊，從肩膀處被切斷了。感受著這股一直在淌血的溫熱觸感，我勉強在原地站起來。

「……**可是我也砍了你的右耳喔**。」

我扔下用《觸手》切下的席德一隻耳朵。當然，我很清楚他不久後就能再生。不過我還是有必要，剝奪他這種跟我一模一樣、且堪稱最為棘手的能力。

「你為什麼堅持戰鬥？」

席德這時淡淡地問道。我眼睛看不見，腹部被打了個洞，現在又像這樣被斬斷一隻手，但即便如此我還拚命站著的理由，他似乎打心底無法理解。

……不，真要說起來，席德本來就不存在「心」這類的東西，那傢伙，只不過是從宇宙飛來的《種》罷了，就算有對話也不會有任何結論。

「這種復仇心，才是讓我活到現在的生存本能。」

明知對話沒用，我還是忍不住冒出這句臺詞。接著，我開始在內心反芻自己這麼說的用意。復仇——雪恥、報仇，究竟這些行動有什麼意義。

——我認為有。

正因如此，當時我才會對藍寶石女孩那麼提議。問她要不要讓殺害雙親的凶手，吃下復仇的子彈。沒錯，就像我說的那樣幫父母報仇。

然而那女孩，卻沒有選擇那條路。取而代之地，她拿起了麥克風而不是手槍。

當然，我現在也沒有否定她的意思，更沒有那種權利。

但問題在於，既然這樣我又該怎麼辦。

沒錯。就是這樣，問題就只有這個而已。

「有什麼好笑的？」

席德突然這麼一問。

是嗎，原來我笑了。

大概是劇痛使意識模糊之故，連我自己都沒察覺到。

「哎，沒什麼，只是想起了以前曾聽過的某些臺詞。」

復仇不會帶來什麼。任何人都不會因復仇得到好處。

憎恨只會引發另一方的憎恨罷了。

我以前，真的很想親手把說這些鬼話的偽善者痛揍一頓。

難道死者不希望復仇嗎？

你們這些傢伙算什麼，有什麼資格幫死者代言。

死者都已經無法開口了，你們還廢話什麼。

我這麼做並不是受誰指使，而是遵循內心長久的願望。

「是嗎，所以你要打到死亡為止。」

席德恐怕是看到我的右耳再度伸出《觸手》，所以才略顯失望地喃喃說道。

看來，我並沒有提供他想聽到的答案。不過打從一開始，我追求的就不是交涉，而是死戰到底。更何況，這場死鬥也即將迎來終點了。

「是啊，不過別急，我臨死之前會拉你一起上路的——席德。」

放在胸前口袋的手機傳來震動，這告訴我**準備**已經完畢，於是我偷偷按下暗藏的引爆開關。這時埋在席德腳底下的炸彈瞬間爆炸，敵人頓時被火焰所吞沒。

沒錯，我並非為了逃跑才進入這座廢棄工廠。而是事先掌握情報，這裡一開始就設下了讓席德上鉤的陷阱。

「——想炸死我嗎？的確，假使我是人類，這招還算相當不賴。」

然而，席德低沉的聲音依然從熊熊燃燒的火焰中傳來。緊接著——

「……唔，嘎啊……」

燃燒的《觸手》從恣意肆虐的火舌中伸出，貫穿我的胸膛。我的氣管燒焦，連呼吸都難以持續。現在我已經數不清楚身上被開了幾個孔了。

「……啊啊，我果然不是你的對手。」

聲音嘶啞到聽起來不像是自己的。但即便如此，我還是用左手緊緊抓住刺進自己胸膛的席德《觸手》並告訴對方。

「沒錯，只靠我一人無法解決你，就算用這裡的火燒也無濟於事。」

並非普通植物的《原初之種》，在攝氏兩千度以下的火中都能安然無恙。

正因如此，**我們**才研擬某個對策。

這是我們最初也是最後的並肩作戰——以這個陷阱來打倒巨惡。

我伸出右耳的《觸手》，在烈焰之下死命纏住席德。

「蝙蝠，你這傢伙打算就這樣送死嗎？」

「反正四年前我的命也是撿回來的。」

假使我的心願能就此實現，不就代表，又是那位白髮的名偵探達成了我的委託嗎？說實在的，沒有什麼事比這個更諷刺的了，我不禁暗地發出嗤笑。

「抱歉，席德，待會要殺你的人不是我，也不是這個爆炸的火焰。」

下一瞬間，安裝在工廠天花板的定時炸彈也引爆了，金屬製的屋頂被炸飛。籠罩視野的濃密黑煙中，從嚴重破損的天花板可以隱約窺見——

「要把你燃燒殆盡的——是太陽。」

◆麥克風與手槍

「這是，什麼……」

我趕到齋川說的那座廢棄工廠，目睹眼前的光景頓時語塞。本來矗立在此的建築物，除了部分柱子外全被夷平，化為堆積如山的瓦礫。

「炸掉了嗎……整座工廠……」

而站在我身邊的夏凪，也用手遮擋眼前濃密的黑煙，好不容易擠出一句。

在那座《SPES》的研究設施，我們得到了**席德的弱點是太陽這個假設**，便在抵達這座工廠前制定了某個作戰計畫。我們要設法把席德引到某個特地地點，趁蝙蝠纏住他的時候，我跟夏凪則以炸彈將工廠的屋頂整個炸開，讓席德暴露在太陽光下。

然而蝙蝠為了保證這個作戰計畫能成功……也為了實際證明我們的假設，擅自決定讓整座工廠跟著一起炸掉。因此如今，看眼前的光景，戰鬥應該已經結束了。至於勝利者——

「蝙蝠……？」

在依舊搖曳不定的火焰跟煙霧中，有個渾身悽慘不堪的西裝男背對我們站立。而且仔細看，他的右臂從肩膀以下都消失了。

「……唔！」

我為了衝過去慌忙邁開腳步。

「那個，已經不是蝙蝠了。」

但在一瞬間，有另一個少女的聲音忽然插嘴道。只見一頭金髮在我眼前隨風飄逸，同樣呈金黃色的細劍，則將逼近過來的《觸手》砍落。

「夏露……？」

握有生殺大權的特務——夏洛特・有坂・安德森，正舉起劍緊盯著對手。

「他的肉體已經被《原初之種》占據了。真是失策啊……明明知道席德可以拿來當容器的並不只有唯而已。」

「……！所以席德把蝙蝠當作暫時的容器嗎……」

理由很簡單，**就是為了從日照下保護自己**。

前陣子席德之所以幫助蝙蝠逃獄，在他身上所圖的就是這個吧。蝙蝠對席德來說就像是**應急口糧**。

「蝙蝠……」

這時，那位過去的對手，以一個很不自然的角度把腦袋轉過來，對我露出失去焦點的紫色眼珠。我們的計畫……蝙蝠的賭注，只差一點就成功將敵人斬首了。

「……唔！君塚跟渚都退下！」

在夏露還沒大吼完之前，蝙蝠……不對，應該是席德從背後伸出《觸手》，分為三股各自朝我們襲來。

「……我可不記得自己說過不會再拿起槍。」

而就在這時，一發槍聲響起。

在短促的悲鳴後，席德口中噴出赤紅的鮮血。

他緩緩轉過身，站在另一邊的人──是雙手抓住手槍而不是麥克風的齋川唯。

「這是報仇。」

接著她臉上綻放出悲傷的微笑。

那一定不是單純能用復仇兩字表達的感情。正如那天夜裡的誓言，她已經不受仇恨和憎惡所束縛。但即便如此，為了一同前行的夥伴，以及跟我們息息相關的這個故事的未來，齋川唯還是決心擊發子彈。

「——缺乏多餘的時間可恢復還是有點棘手啊。」

席德看著自己腹部被子彈開的孔如此喃喃說道。在他以蝙蝠的肉體為容器之前，想必曾短暫接觸陽光而受到損傷吧。隨後，席德簡直就像把自己的《觸手》當作彈簧般，一口氣躍上空中，身影迅速如變色龍般溶化在周圍的空氣裡，徹底消失了。

「各位，都沒事吧？」

夏露代表大家向其餘三人問道。

間隔數日後的重逢，但所有人都傷痕累累，簡直就像已經打了好幾年仗一樣。

「啊啊，勉強活下來了。」

——不過。

「活下來，並不是我們的目的啊。」

沒錯，我們真正的心願是打倒席德。

敵人的奇襲雖說相當突然，但我們也反過來趁其不備，在此解決席德……這是我們原先的計畫。只可惜，到收尾的時候還是太鬆懈了，只差最後一步，就可以讓那個最邪惡的敵人再也不會出現在世上。

「——不過，我們還活著。」

讓垂頭喪氣的我立刻抬起臉的，果然是那個聲音。

這就是夏凪所具備的《言靈》能力嗎？

不，一定不是能力的緣故。這是她，也唯獨她才能擁有的特質。

「只要還活著，就能永遠挑戰下去。不論幾次都戰鬥到底。」

不管失敗幾次都要重新站起來。這麼說的夏凪，露出了隱約帶有促狹之意的笑容。

這種陳腐的臺詞，雖然由我說出口會顯得很老土，但換成夏凪渚就會變得極為貼切現實。太適合她了。光是聽到她的聲音，光是那一句話——只要籠罩在夏凪渚的喊叫下，我們就能不可思議地勇往直前。這跟什麼紅眼或言靈都無關，而是出於以夏凪渚的熱情為名的強悍、堅定意志。

「不過，太陽是席德的弱點，這件事應該沒弄錯吧？」

夏露藉機問起我們這次作戰計畫的由來。

「是啊，那是在《SPES》的實驗設施裡收集情報後，我跟夏凪所建立的假設……此外，也透過蝙蝠賭命證實過了。」

我們在那個地方，藉由《希耶絲塔》的協助，列出了以席德為首的所有《人造人》行動紀錄。這讓我們搞懂一件事，那就是他們總是挑選夜晚這個時段，要不然就是天氣惡劣的白天大舉採取行動。

事實上，仔細回想，好比一年前的倫敦，地獄三頭犬為了收集心臟，都是在暗夜偷襲人們，襲擊我的時候也是深夜。又像是之後化身為加瀨風靡的席德，也是趁突然下大雨的一天拜訪我跟希耶絲塔的住處。至於最近的例子，大約一個月前在郵輪上，變色龍綁架夏凪那次，也是等太陽完全西沉才出現在我們面前。

因此我們推導出的假設，就是席德跟他的複製體們會盡量避免陽光。那些傢伙，恐怕無法在太陽的照射下生存。然而在這地球上，不論跑到哪都無法擺脫太陽的光芒。

正因如此，席德才成立《ＳＰＥＳ》這個組織……說穿了，他就是要派遣以人類肉身為基礎、不畏陽光的蝙蝠跟海拉在檯面上行動。此外為了讓自己將來可以克服太陽這個弱點，席德還千方百計不斷培養人類當容器。

然而上述這些頂多只是假設，無法超出推論的範圍。

直到方才蝙蝠賭上性命實際證明為止。

「美麗的晴空萬里。」

這時，齋川好像想起什麼似的抬頭仰望天空。

從早晨就一直下的雨，現在已經完全停了。

不過這種放晴的結果，也是我們為了讓作戰成功而人為製造的。對手（席德）是不會輕易出現在我們面前的謹慎敵人。正因為今天本來是被厚重雨雲覆蓋的惡劣天候，那傢伙才會不顧白天這個時段試圖奪取齋川為容器。然而——

「雨雲可是被上千枚飛彈炸掉了啊。」

這是將人造雨的原理加以應用的技術，目前已被俄羅斯等國實際採用了。先派空軍的飛機在雲層散布液態氮，再以填充碘化銀的飛彈消滅積雨雲。至於那位為我們安排這些準備工作的紅髮女刑警，之後非得去致謝不可。

「真是的，君塚先生還是那麼不解風情。」

齋川死命瞪著我，「唉」地重重嘆了口氣。

真是的，太不講理了。

不過，看到她久違的那種表情，我的臉部肌肉不自覺放鬆開來也是事實。

「戰鬥的理由，又多了一個。」

我望著躺在水泥地上的菸蒂這麼說道。

「蝙蝠先生他，直到最後都在守護我。」

這時齋川忍不住遙望遠方的天空這麼說道。

「雖然跟蹤到一半還是消失了，但這隻《左眼》依舊掌握到敵人逃亡的方向。」

她這番話的意圖，現在已不必多問。等回過神，我才發現不管夏凪或夏露，都仰望著同一個方向的深遠夏日晴空。

是啊，我明白。

對我而言，從四年前展開的這個故事，也該是著手收拾的時候了。

「今天，我們要親自打倒席德。」

◆只要你發誓你不會死去

一輛房車行駛在海濱的道路上。

「夏露小姐，下個路口左轉，接下來請直直走。」

「謝謝妳，唯，我要稍微加速囉。」

夏露手握方向盤，坐在助手席上的齋川則扮演導航者發出明確的指示。太陽這時再度被雲層所覆蓋，在雨勢之下，我們四人驅車駛往席德逃去的方向。

「真的要只憑我們幾個解決嗎？」

這時夏露的目光透過照後鏡瞥過來。

「是啊，席德接下來會怎麼行動，或是作何打算我們都無法預測。既然這樣，至少確定他已經負傷的現在，就是我們打倒敵人的一個良機。」

就現況來說風靡小姐不在，當然希耶絲塔也還沒復活，再加上已經變成我方同伴的蝙蝠又被幹掉了，只是如果要等我們做好萬全的準備再來，席德那邊也會有時間出新招，因此還是別讓好不容易使他負傷的機會白白浪費掉。

「所以就由我們親手打倒席德，殲滅《SPES》——要在今天了結一切。」

只有由希耶絲塔所遺留下來的……她稱之為最後希望的我們來動手了。

就在今天，這個日子，必定是我們跟《SPES》的最終決戰。

「這麼做……真的好嗎？」

話說回來，這個計畫是我擅自決定執行的，察覺到這點後，儘管有點嫌太晚了，我還是詢問那三人的意見。

「當然囉。」

坐在助手席的齋川，回頭看向後座這麼說道。

「正如之前所說的，我不會成為君塚先生的左右手，而是左眼！下次映入我這隻左眼的景象，一定是完美無缺的 Happy end！」

「……啊啊，聽妳這麼說我有信心多了。」

明明年紀最小、心態卻最為成熟的齋川，不論何時都站在我這邊。得知雙親和《SPES》的恩怨後，她突破了內心的糾葛，比起過去更寧願選擇未來。為了讓她的未來能一片光明，這場戰鬥我們絕不能輸。

「嗯，其實我一開始就有這個打算了。」

接著是正在開車的夏露，背對著我回應道。

「為此車上可是裝滿了武器。」

「準備充分這點還真是繼承了希耶絲塔啊。」

夏露所謂的「一開始就有這個打算」，肯定不是指「一開始就要當我的同伴」之意。不過我或夏露都不在意這種事。即便我們絕對無法和平相處，像是兩條永遠的平行線……但只要彼此都是朝同一個方向前進，這就夠了。這已經是非常大的進步。

「夏凪呢，沒問題吧？」

最後我才對同樣坐後座的夏凪問。

「唔——這個嘛。」

……都到了這個節骨眼總不會想打退堂鼓吧。只見夏凪伸了個懶腰，略微露出在沉思的模樣。

「只要君塚發誓不會死，我就答應。」

她朝向坐在隔壁的我，露出隱約帶有成熟氣息的微笑。

「我知道了。但相對地，假如我平安活下來，妳也得聽從我任意一個要求。」

我半開玩笑地，故意豎立這麼一個旗標。如此明目張膽的內容，或許反而會變成存活的旗標也說不定。

「君塚說這種話有點可怕呢……究竟會要求我做什麼事啊……」

「區區十八禁也太便宜妳了，給我做好八十禁的覺悟吧。」

「我真想反問一下，到了八十歲才允許做的事是什麼啊!?」

「在孫兒的陪伴下，一邊喝茶一邊坐在簷廊玩將棋之類。」

「這的確是到了八十歲才被允許的玩法（play）！……哎呀，等等，那意思不就是說，兩人到了老爺爺老奶奶的年紀還是要在一起，算是某種間接的求婚……？」

「跟夏凪結婚喔……………很難想像耶。」

「想了那麼久才拒絕，比普通的方法拒絕更狠啊！不對，人家才沒有拜託你這種事呢！」

夏凪一邊大聲嚷嚷，一邊用拳頭打了我的肩膀好幾下。

這時，我發現輪到齋川隔著照後鏡朝這邊射出冷冰冰的視線。

「咦？這種比以前更親密的情侶吵架氣氛，想必在倫敦那邊一定發生了什麼事吧？你們是不是變成孤男寡女了？」

「真是的，當我們在拚命工作的時候你們究竟在胡搞什麼。」

這回夏露也對我們翻起白眼。

……唉，真不體諒人。我們這邊也有我們的辛苦之處啊。

「是說別人在開車的時候，有人在後面打情罵俏簡直是太讓人火大了。」

「唉，夏露小姐，結果我們根本無法成為君塚先生的攻略對象，大概只能當普通的女配角了。」

「呃，我本來就不想成為君塚的女主角啊。」

夏露一臉嚴肅地表示「只有這條底線我死守到底」並堅決否定。

「啊，夏露小姐一直是這樣呢。渚小姐跟夏露小姐都屬於外在比較強悍的人，但雙方一被吐槽態度就會軟掉的部分也很像。最大的差別在，夏露小姐討厭君塚先生，但渚小姐實際上卻非常喜歡君塚先生，只要記得這個就很好區分了。」

「唯，妳又毫不收斂地發出這種爆炸性的宣言啦。我現在因為太害怕，已經不敢看後座的情況了。甚至不願想像因為妳的發言，後面的氣氛會變怎樣。」

「放心啦，夏露小姐。在愛情喜劇的時空中，這種情節多半會發生在男主角突然重聽的場合，因此他不可能會聽到我說什麼才對。」

「等一下君塚，你的手機鬧鐘響了！有夠吵！」

「啊——我還在使用倫敦的時區，抱歉……對了齋川，剛才妳們說我什麼啊？」

「不，沒事！」

「簡直是準到發毛啊。」

不知為何，齋川跟夏露看起來好像聊得很投機。剛才因為鬧鐘太吵我沒聽清楚，所以說，先前她們到底在談什麼？

「不過這種悠哉的氣氛真的好嗎？」

這時，夏露冷不防嘆息道。

待會明明就是最終決戰了，我們的氣氛也太過一如往常了吧。

「有什麼關係嘛。記得那一次也是這樣。」

沒錯，我們還是保持正常的心態比較好。畢竟一年前——希耶絲塔要前去發起最後一戰時，我們也是像平常那樣盡情享用美味的紅茶。

「嗯，你覺得好那我也沒意見。」

夏露一瞬間露出帶有苦笑的表情。

「不過，等一下，就不能再胡鬧囉。」

她用足以改變先前氣氛的緊繃口氣說道。

根據齋川的預測，席德應該是逃到了這一帶才對。

「在那邊！」

這時，最早發現敵蹤的齋川高聲指道。那是在跨海的大橋上，橋上發生了連環追撞事故。而在滾滾冒出的黑煙下方，也就是橋的正中央，可以窺見一個搖曳不定的人影。

「蝙蝠……」

熊熊黑煙的另一邊浮現一位金髮西裝男，但那傢伙的內在已經是席德……我瞬間想起這點。然而，很難想像席德會毫無準備就站在那邊等我們，恐怕席德已經捨棄蝙蝠這個壞掉的暫時容器，一走了之了吧。

「唔，怎麼辦？對了小唯，席德在附近嗎？」

「目前用這隻《左眼》也看不到席德的蹤影。不過，他也可能透明化了，那麼一來……」

對夏凪的質問，齋川一臉嚴峻地答道。

「我們下車吧。夏露，先停車。」

不論如何，我們目前都無法無視蝙蝠。於是我們在距離蝙蝠站立位置約十公尺前的地方停車，所有人下車步行。或許是因為害怕怪物而逃走了，橋上除了我們沒有其他路人。

「蝙蝠……」

我裝好子彈後慢慢靠近對方。

他的右手已經從肩膀處被截斷，胸口跟腹部也滿是被席德《觸手》所貫穿的痕跡。儘管勉強能以雙腿站立，但身體果然嚴重搖晃，頭也低低的並沒有和我們視線接觸。

「君塚先生，請小心！蝙蝠先生已經……」

齋川大叫道，而正如她的預告一樣，蝙蝠的右耳伸出了《觸手》。

「啊啊啊啊啊啊啊啊啊啊啊啊啊啊啊啊啊啊啊啊啊啊啊！」

蝙蝠反仰著上半身發出咆哮。

這恐怕是《種》失控了——以前我跟變色龍在郵輪上戰鬥時，也看過類似的情形。

除了滿身是傷外，肉體還被席德充當暫時的容器，再加上曾碰觸到大量的席德血液，上述種種原因，造成蝙蝠的身體已經從內部被《種》侵蝕殆盡。

「我現在，就來結束你的痛苦。」

我望著這樣的蝙蝠，朝他那邊邁出腳步。

「君塚。」

這時，夏凪好像很擔心地望著我。

什麼嘛，放心吧。

更何況，這件事非得由我來做不可。

這並非偶然。

但命運這個詞彙也不適合我跟這傢伙的關係。

所以，沒錯，這一定只是——單純的恩怨罷了。

「跟你交手這算是第二次了吧，蝙蝠。」

這時我用槍口，對準這位相隔四年的仇敵。

◆亞伯特　科爾曼

等下，想必會是一場激戰吧。

我一開始舉起槍的時候是這麼想的。

「蝙蝠，你……」

然而，蝙蝠的狀態已經完全無法戰鬥了。他少了一條手臂，不時摔倒、身體根本無法保持平衡……從耳朵伸出的《觸手》也只能有氣無力地甩動。就連動作不如夏露那麼靈敏的我都能不太辛苦地避開。

不如說戰況已經呈一面倒，連我在攻擊時都有點躊躇，考慮著是不是應該直接賞他致命一擊會比較好的程度。已經喪失自我，僅能無力掙扎的往日仇敵，表現得就像前陣子被史卡雷特所復活的《不死者》一樣。

「啊啊啊啊啊啊啊啊啊啊啊啊啊啊啊啊啊啊啊啊啊——！」

然而，這場充滿迷惘的戰鬥終於也迎來結尾的一刻。

蝙蝠翻著白眼，一邊鬼吼鬼叫，一邊**從兩耳**伸出了失控的《觸手》。自席德之《種》發芽的那玩意顯得異常巨大，其銳利的尖端對準了我。恐怕是他把所有剩餘的力量都集中在上頭吧。既然如此，只要消滅這個就結束了——我將子彈射入逼近的《觸手》當中。

「……嘎，啊。」

伴隨著四散飛濺的體液，《觸手》也被打飛了。蝙蝠發出短促的慘叫，當場跪倒在地。這想必是因為體內的《種》已遭破壞了吧。

「原諒我，蝙蝠。」

我直接把槍口對準癱軟在地的蝙蝠腦袋。

時隔四年再度對上的往日仇敵。

這麼說來，四年前的那天，就是以蝙蝠發動的劫機事件為契機，我才展開這趟非日常的旅程。因此假如把跟希耶絲塔的邂逅稱為命運，那跟這傢伙的遭遇要說是某種業力想必也不為過。

不過，這一切也要在今天畫上句點了。

用我的手，親自結束這一切。

離扣下扳機，只剩手指頭底下那幾百公克的阻力——

「……哈哈，真諷刺啊。」

「……！」

就在這時，蝙蝠緩緩揚起臉。是因為《種》被破壞才恢復自我的嗎，只見他再度用理應失去視力的雙眸仰望我，臉龐浮現淡淡的微笑。

「蝙蝠！現在，馬上幫你治療……」

「喂喂，剛剛才要殺死我的人現在還說這個做什麼。」

反正已經沒救了吧——蝙蝠對自己浴血的身軀投以一瞥，再度露出嘲諷的笑。

此外，大概是曾被席德當作容器的代價吧，他全身上下都冒出了類似裂痕的東西。

「真是的，我本來想在那座廢棄工廠帥氣地死去，結果現在模樣竟然這麼難看。」

如此自嘲的蝙蝠，在我的攙扶下靠到了大橋的欄杆旁。

「唔，你現在先別急著說話。」

「哈哈，我已經快死了，就讓我說個過癮吧。」

癱坐在地上的蝙蝠咧嘴露出空虛的笑容，就連這種時候他也不忘開玩笑。

「說起來，思緒已經不太清楚了。只是覺得自己好像有什麼話非說不可。」

蝙蝠這麼說道，身體也從裂痕出現的地方開始分解崩落。

「啊啊，死前至少讓我抽口菸吧……看來好像沒辦法了。」

蝙蝠用顫抖的指尖，扔掉被血弄溼的香菸。大概是戰鬥中被鮮血浸泡過吧，那些香菸已經點不著了。

「如果你不排斥這個的話。」

就在這時，突然有兩根纖細的手指為蝙蝠遞上香菸。

那是夏洛特・有坂・安德森——剛才包括她在內的其餘三人，都在遠處觀望我跟蝙蝠的戰鬥，但不知什麼時候夏露已經靠過來了。

「這個香菸，其實本來是那個人的。」

原來如此，大概是從風靡小姐那搶過來的吧。沒錯，我也覺得風靡小姐那種詐稱要戒菸的行為該適可而止了。

「那可真痛快。哈哈，我就代替她抽這菸吧。」

這時夏露用打火機，給蝙蝠叼著的香菸點上火。

「──太爽了啊。」

蝙蝠吐出一大團煙，似乎很享受地冒出一句。

「我有句話，必須要對你說。」

接著靠近蝙蝠身邊的人是夏凪。

「謝謝你，之前告訴我這顆心臟的原本主人。」

那是大約一個月前，我跟夏凪一起去蝙蝠被關的監獄所發生的事。當時蝙蝠透過他那特殊的聽力，判斷出提供給夏凪心臟的人就是希耶絲塔。

「從那天起我的人生就重新啟動了。假使我一直查不出這項事實，我就無法好好面對自己的過去，一直保持什麼都想不起來的狀態。因此──」

謝謝你——夏凪又道了一次謝。

「哈哈，真沒想到啊，我並不記得自己過著需要被他人感謝的人生……不過聽到這個感覺還不賴就是了。」

蝙蝠的目光空洞但依然注視著夏凪的方向。

「妳要跟那顆心臟一起完成使命。」

他用毫不動搖的直率口吻繼續鼓勵夏凪。

夏凪也以溫柔的微笑回應，接著就把位置讓出來給我。

「……啊啊，託這樣跟你們聊天的福，我終於想起自己要說的話了。」

這時，蝙蝠用剩下的那隻左手揪住我的肩膀。

「你千萬不可以放棄。」

他彷彿想把內心深處的某種事物託付給我般這麼說道。

「我失敗了，不過，你還有機會成功。不論要付出多大的犧牲，償還多大的代價，你都要努力完成自己的心願，千萬別停下腳步，也別放棄思考。人們一定會勸諫你別碰禁忌的果實，或是嗤笑自願走上修羅之道的你。但即便如此，只要在你心中那不停盤旋的願望是真的，而且值得你賭上一切的話——你就要緊緊抓住它。緊緊抓住，別放手——君塚君彥。」

蝙蝠這麼說完後，第一次叫了我的名字。

「——是啊，我明白。」

我如此回應對方，他則咧嘴一笑。

「那麼，閒聊也聊過癮了，我的壽命也差不多到盡頭了。」

香菸從蝙蝠的指尖驀然滑落。

「已經對身體是熱是冷沒感覺了，四周的聲音也變得好遙遠。原來如此，這就是死亡嗎？」

「唔，蝙蝠。我……我們一定會打倒席德，所以你——」

「可以安心地上路嗎？竟然被敵人同情到這種地步，真受不了。一流的特務也淪落到這步田地啦。」

哈哈。

蝙蝠像平常那樣笑了。

在垂死的蝙蝠身邊，一位少女跪了下來。

「蝙蝠先生……」

那位少女……齋川唯，眼中噙滿淚水，握住蝙蝠的左手。

「哈，哭什麼呢，藍寶石小妹妹。」

「因為，蝙蝠先生都是為了守護我……而且，我還有很多事想跟蝙蝠先生學習……！」

「同樣的事要我說幾遍。」

蝙蝠發出嚴厲的口吻，但他對齋川這麼說只是為了曉諭她。

「那個時候的我，只是做自己想做的事罷了。」

這段只有蝙蝠跟齋川的故事，內容我完全不知。不過我想，正因這兩人都背負復仇這個共通的課題，即便他們在交換意見後得到不同的答案，也必定是兩人人生中寶貴的一段共同經驗。

「我再給妳一個建議，拿槍面對敵人時要毫不猶豫地射穿對方腦袋，這是鐵則。對了，妳今天回去以後就邊吃披薩邊看一大堆殭屍片，學習裡面怎麼開槍吧。」

說完，蝙蝠對哭喪著臉的齋川揚起嘴角。

「我會記住的……！」

這時齋川的眼角已滑落一顆顆豆大的淚珠，但即便如此她還是大聲回應蝙蝠的提醒。

「是啊，沒錯，一瞬間的猶豫只會露出破綻，招致危機……」

「不是那樣的……我的意思是，我會永遠記住蝙蝠先生！」

齋川的大聲吶喊，讓蝙蝠那理應看不見的雙眼頓時睜大了。

「正如您在這二十年間，片刻也沒有忘記令妹一樣！也像我把雙親的模樣，深深烙印在眼底一樣！之後的日子，我會永遠記得您！我的這隻左眼，會永遠永遠記住您的樣子！您想要守護的事物，我……我們這裡的四個人，不論多久也不會遺忘！所以——」

齋川儘管已哭成淚人兒，但依然以紅腫的雙眼在最後帶著笑容說。

「所以，請安心吧——亞伯特先生。」

這時她所呼喊的，想必是蝙蝠的本名吧。

「——是嗎？」

靠在欄杆邊的蝙蝠，用僅存的力氣冒出這樣的喃喃低語聲，接著便朝太陽伸出顫抖的手。

「我的思念，不會消失嗎？」

沒錯，就算肉身已經消滅了，唯獨思念是不會被遺忘的。

只要還有人記得這個人，他的遺志就能永生不死。

「哈哈，我以前，一直不知道這種事。」

最後能知道真是太好了——他說。

蝙蝠宛如重回二十年前的模樣，露出少年般的純真笑容。

接著在陽光的照耀下——彷彿能望見某個人般，他朝向光明的另一端，最後喃喃說了一句。

「好想見妳一面，艾麗。」

【第六章】

◆最終決戰

聽蝙蝠說完遺言後，我們再度搭上夏露駕駛的車追蹤席德。說起他可能藏身的場所，我們將範圍縮小在可遮擋陽光的建築物內部之類，並透過齋川的《左眼》提高搜索的效率。

最後，我們來到了一座佇立於郊外、如今已化為廢墟的大型購物中心。這裡目前並沒有從事拆除作業，所以整棟建築物都被大量的植物藤蔓所覆蓋，即便是白天，屋內依舊相當昏暗，得使用手電筒才能前進。我們四人步行其中，很快地，在三層樓高的立體停車場——遇上了我們追蹤的目標。

「……君塚，你要小心。」

「知道。夏凪，齋川拜託妳照顧了。」

在我的指示下，被席德視為容器的齋川，跟夏凪一起退到後頭。

「君塚先生……等回去以後，要陪我一起看殭屍片唷？」

「好啊，妳先趁現在訂閱付費會員吧。」

我隨口跟齋川開起玩笑……但馬上我就對夏露使了個眼色，兩人一起走向席德。

「——來了嗎？」

在十幾公尺外，敵人就位於滿是空位的停車場最深處。

那傢伙有一頭難以形容是灰色還是銀色的頭髮。超越國籍和性別的無個性、無表情容貌，甚至散發出一種神性的氣息，讓見者不禁心生畏懼。

外觀完全模仿人體構造的《原初之種》，想必也能在某種程度自由複製其他有機物吧。只見那傢伙這回套上了一層類似薄鎧甲的玩意，不過話雖如此，短時間受到陽光照射的後遺症，還是從他頸項上的裂痕能略知一二。另外他看起來也少了右耳，被鎧甲隱藏的部位或許還有一些損傷也說不定。

「為什麼你們這些人類要戰鬥到這個地步？」

我正要伸手拿腰際的槍，席德那對暗紫色的眼珠就牢牢釘住了我。

「現在跟我爭鬥的理由是什麼？仔細想想，因為我是你們口中所謂的仇敵嗎？因為過去的恩怨、同類的死；因為現在這個舞臺，正適合上演報仇雪恨的戲碼——

你們總不會為了上述這些感情用事的理由而拿起武器吧？」

真是難以理解——席德用毫無半點感情的聲音說道。

「所以你的意思是不打算跟我們戰鬥？」

夏露沒有放鬆戒備，手依然放在劍鞘上，並為了探詢敵人的意圖而瞇起眼。

「打從一開始我就是那個意思。無謂的戰鬥只會消耗不必要的能源，沒什麼事比這個更沒意義了，不是嗎？」

希耶絲塔的信上也提過類似的內容。席德並不熱衷積極戰鬥，他只不過是為了遂行自身的計畫，才會利用部下引發事端。

「席德，你究竟是什麼？」

我對敵人提出這個抽象、但又非知道不可的問題。

「就我所知，你是從宇宙飛來的植物種子，太陽光則是你的天敵。而為了克服這點你需要培育人類為容器——我瞭解的就這麼多。你究竟是何方神聖？你為何那麼拘泥於生存本能、為此就算侵略人類也不在乎？」

對席德來說，這些一定是事到如今何必多問的質疑吧。

「我墜落在這顆地球，是大約五十多年前的事。」

他並沒有顯露敵意，只是述說自身的來歷。

簡直就像席德那方更希望不戰而收場一樣。

「身為《原初之種》，我伴隨著可以忍耐絕對零度到華氏一萬度的外殼，在太空中漂泊。當時的我——由於數萬光年之遙的星系發生了超新星爆炸，受到衝擊波影響失去控制，才墜落到這顆行星上。」

「聽起來就像隕石……」

我想起之前在《SPES》研究所裡看過的《原初之種》3D模型，不過那玩意的尺寸頂多就跟小石子一樣。從外太空飛來的《世界危機》，就是像這樣在不為人知中降落在地球上嗎？

「我所降落的地方，是一塊黑暗、寒冷，如沙漠般的不毛之地。而且沒多久，正因為感受到那個寒冷，我才發現自己的外殼已經破損了。」

恐怕是墜落的衝擊力造成的吧——席德繼續說道。

「但即便如此我還是依靠風的力量繼續移動。這時我發現氣溫徐徐上升，周遭的環境也越來越亮——而變異也是在那時開始的。」

「——太陽。」

一旁的夏露低聲冒出一句。

「我知道《種》正在急速枯萎，不過只要穿越這塊不毛之地，一定就能遠離那個逐漸升起的炎熱光源體吧——我這麼思索著，以僅存的外殼碎片為護盾，乘著風在這個世界的各處不斷遊蕩。」

「……然後你發現在這顆星球上根本無處讓你躲逃了嗎？」

一定就是在這個時候，那傢伙的意識萌芽了──所謂貨真價實的生存本能。

「唔，君塚，看那個！」

夏露察覺到危險突然對我發出警告。我慌忙注意敵人那邊，他那隻恐怕是蝙蝠賭上性命才切斷的右耳，現在簡直就像滾水冒泡一樣，發出啵啵的聲響開始膨脹。

細胞分裂不斷進行著，這應該就是所謂的再生了吧。

「最後我得知天敵名叫太陽，並逐漸認識到這顆星球的構造。這個世界存在著晝夜的概念。也有狼、蝙蝠，以及變色龍等多樣化的生命體存在。此外──立於生態系的頂點，也就是這顆星球的支配者，名為人類。」

……是啊，接下來的發展應該就跟希耶絲塔的信以及在研究所收集到的資訊一樣了。

席德入侵動物及人類體內，研究其肉體構造。接著他不斷收集樣本，學會了擬態為那些生物的技能。這項技術，也促成日後讓人類器官覺醒的《種》此一發明……他透過苗木插枝的要領製造出複製人，並率領其他追求《種》之力量而聚集的人類，結成了《ＳＰＥＳ》這個組織。

儘管席德為了克服太陽這個弱點而需要以人類身體為容器，但《原初之種》會把人體的養分吸收殆盡，導致容器迅速枯竭。為此，他必須培養出能適應《種》的人類容器，便以孤兒院為名義開設了那座實驗設施。夏凪、希耶絲塔，和愛莉西亞則是他最後挑中的對象。

「沒錯，降落到這顆行星，至此已超過五十年了。我本來以為，終於可以滿足自己的生存本能。」

席德將視線從我們身上挪開，露出遙望遠方的神情喃喃說道。

「然而，不知為何，我原本確認過的未來並沒有發生。就在我眼前，兩個容器同時喪失了。」

那是希耶絲塔安排的計策。她跟米亞一同設下陷阱騙了席德。

「那麼現在，換我也問問你們吧。」

敵人的瞳孔再度對準我們。

「為什麼？為什麼你們要不惜一切阻止我的目的？你們有什麼正當理由可以妨礙我滿足生存本能？對於人類這個種族，我並不打算消滅。那些無法成為我容器的傢伙們，只要在不妨礙我的範圍內都可以繼續生存。這樣子雙方要共存應該不成問題才對。可是明知如此，你們為什麼還要拚死跟我爭鬥？」

席德並沒有非戰鬥不可的慾望，甚至還想跟我們透過對話尋求妥協。然而不如說，這對我們倒是個天賜良機。即便對手負傷，我方又有人數上的優勢，但對於這號過去讓《調律者》感到非常棘手的存在——我們就算拚命戰鬥也沒有獲勝的把握。

「我明白你的意思了。」

我並沒有舉起武器，而是直接對席德答道。

「我們不會殺你，也不會攻擊你。對你的生存本能也沒有否定的意思，而且只要是你存活必需的事，在可能的範圍內也願意協助你。不過——」

我一瞬間回頭，看了後面的她們一眼，接著又重新轉向席德說。

「不過，只有齋川唯不能交給你。我們不會犧牲任何一名同伴。」

不論是希耶絲塔、夏凪、夏洛特，或者其他人——都不可能給你充當容器。犧牲某人而讓另一人活下去——唯獨這種做法我是絕對無法認可的。沒錯，我對那位如今已故的名偵探也想這麼說。

「啊啊，原來是這麼回事。」

席德一字一句慢慢說道。

「我跟你們這些人類之間，為何會產生如此致命性的分歧，現在我終於懂了。」

「……什麼意思？你想說什麼？」

不知為何我有種不祥的預感。接下來那傢伙要說的話，可能會讓雙方之間的談判徹底破裂，我的第六感是這麼警告我的。然而，事到如今，早就無法阻止對方繼續說下去了。席德毫無半點同情心地這麼告知我們。

「你們這些人類，很早以前就從生態系的頂端墜落了，但你們卻無視這點，拒絕成為更高等存在的墊腳石，這麼做是違反自然之理的。」

舉例來說吧，就跟我們人類會吃其他動物求生存一樣，席德想把人類當容器也是為了滿足他的生存本能。此乃自然界的新規則，席德想主張的就是這點。

「你們人類吃牛、豬、雞時會心懷罪惡感嗎？對那些動物的每一個個體會產生特別的想法嗎？就跟你們一樣，我把你們人類的身體當容器使用，也不會湧現一絲一毫的情緒。」

「……！」

夏露狠狠瞪著對方，按在劍鞘上的手也更用力了。

「所以說你對成為自己墊腳石的對象沒有任何感激之意？不論那個人是誰，是什麼樣的存在，你一點也不在意？」

「你們人類會區分牛或豬的長相嗎？」

席德雙眼瞪得大大的，一邊發出刺耳的骨頭摩擦聲，一邊讓腦袋大幅歪斜。

「……啊啊，是嗎？」

至此，我終於搞懂了。

席德目前交談的對象，並不是君塚君彥或夏洛特·有坂·安德森這樣的單一個體。就跟人類無法區分在自己腳下蠢動的螞蟻長相一樣，席德頂多也只是把我們視為「人類」這個大框架底下的一分子。

又例如說，在一年前的倫敦，身為《人造人（Clone）》的變色龍，始終找不到逃出來的夏凪。雙方即便曾在《SPES》裡共事了很長一段時間，過了一年後，變色龍在郵輪上重新見到夏凪，也沒有察覺出她的身分。這兩件事也是基於相同的道理。

那是由於變色龍的生父——席德，平常本就理所當然地不把人類視為單一個體之故。他頂多只會判斷眼前這個對象，充當自己的容器是否能合格罷了。

「終於理解了嗎，人類。」

席德說話的同時眼也不眨一下，**將我們四人看作一體**。

「這不是善惡與否的問題，而是極其自然的歸納邏輯。」

對這位真要說起來，根本沒在看我們任何人的席德，我最後問了一個問題。

「如果我說我們還是要抵抗呢？」

「人類也不會對家畜寄予同情。」

是啊，沒錯。我無法否定他這句話。

我從槍套拔出麥格農手槍，對準敵人。

「是嗎，不過人類也是出乎你意料地不肯輕言放棄喔。」

◆X路線的結局

席德的背後伸出無數隻《觸手》，銳利的前端指向我們。

敵人依然面無表情。此外，就跟他自己說過的一樣，他要盡量避免無謂的能源消耗，所以恐怕不會積極採取攻勢。然而我猜想——在反擊的時候他必定不會如此保守。

「夏凪跟齋川快躲到柱子後頭！」

我朝背後的那兩人喊道，並與夏露一同步上前線。

「作戰計畫呢？」

夏露瞥了我一眼，出聲問道。

「啊啊，跟平常一樣。」

「就是沒有既定的計畫吧。」

夏露也一如往常，用輕鬆的口吻回應我，接著雙方就開始做戰鬥準備。是說除了空白的那一年以外，我跟夏露一直都是這樣並肩作戰的。

「這樣能得到誇獎嗎？」

突然，夏露用比平常更為孩子氣的口吻喃喃說道。

被誰誇獎？這種事根本不用問。夏露的眼眸裡，永遠映照著那位只用背影說話的偉大名偵探身影。

「我一定是在羨慕君塚吧。」

夏露此刻的視線並沒有投向我，而是朝著勢必要打倒的敵人勇敢邁步。我配合她的動作，也雙手緊握槍，從另一個方向接近試圖包圍席德。

「追逐大小姐腳步的我，以及跟大小姐並肩而行的君塚。總覺得這種差距我一輩子也無法彌補……所以我才會嫉妒你。」

然而——夏露繼續說道。

「我現在發現這樣其實也沒關係——畢竟。」

這位將金色秀髮紮成一束並在戰場上奔馳的特務，一邊如風般閃避朝自己集中撲來的幾根《觸手》，一邊這麼吶喊道。

「只能待在後方一步的我，剛好可以守護大小姐的背後！」

緊接著夏洛特用金黃色的劍，斬裂了逼近的《觸手》，隨後她為了更靠近敵人，正試圖用力跳出一步時——

「——！請等一下！」

與此同時，齋川的那隻《左眼》恐怕是看見了什麼吧，只聽見她在後頭大聲警告。隨之而來的，便是地面開始上下左右劇烈搖晃。

「……唔，地震？」

夏露只好停下腳步。

不，不對。這不是地震，這是——

「Surface of the Planet Exploding Seeds——我的《種》，已經撒滿這顆行星。」

席德開口的瞬間，我們所位於的這座停車場牆壁及地板便冒出大量**荊棘**。看來，這棟建築物一開始就被席德掌控了。

「……可惡！」

我朝不斷纏繞過來的植物開槍射擊……但，根本殺不完。而且還有大量的荊棘也同樣襲向齋川跟夏凪。手握滑膛槍的夏凪還能勉強應付，但不習慣使用武器的齋川很輕易就被長滿尖刺的植物包圍了。

「唯！」

在我們當中，最先擺脫糾纏的夏露衝去拯救齋川。

金色的劍就像在跳舞一樣，俐落地掃蕩大量荊棘，等所有植物都被砍翻後，夏露試圖朝同伴伸出救援之手——但剎那間。

「唔，夏露小姐，不行！」

《左眼》再度捕捉到什麼的齋川，一把撞開夏露。緊接著。

「————！」

從死角伸出的席德《觸手》，擦過了齋川的脖子。

「齋川！」

從我這個距離無法判斷傷口深不深——不過受傷的部位真是太不妙了，只見她的脖子右側溢出鮮血。

「……哎呀，真奇怪呢。我之前不是用這種力量，幫過蝙蝠先生一次……」

齋川摀著脖子，臉色蒼白地勉強擠出微笑。她的《左眼》，肯定比現場所有人更能精準判斷戰況。只不過，齋川自己的身體能力並不見得能跟上這種判斷。

「唯……！」

當夏露想再度衝到齋川身邊的瞬間，齋川周圍的地板突然崩塌……從下層湧出的大量荊棘一口氣把她吞沒，她連話都來不及說就在我們眼前消失。

「齋川……！」

「小唯！」

我跟夏凪不約而同大喊道，但早就來不及出手拯救同伴了。

「啊啊啊啊啊啊啊啊啊！」

這時，面對如此戰局最先做出決斷的夏洛特，任由一頭金髮披散衝向了席德。

「你們稱那個容器為同伴？連好好守護她都辦不到的你們有資格這麼叫嗎？」

然而讓齋川負傷應該也不是席德的本意，只見他以冰冷的目光對準夏露。緊接著從席德的脊髓附近，伸出一根呈鋼鐵狀的銀灰色《觸手》，迎擊夏露急襲而來的金色細劍。雙方交鋒的結果——

「……啊。」

等我回過神，夏露已飄浮在半空中。

先是聽到劍折斷的聲響，然後是某樣物體碎裂的聲音。接著發出短促嗚咽聲的她，腹部被如長鞭的鋼鐵《觸手》纏繞住——最後。

「人類果然很脆弱啊。」

她就這樣直接撞破覆蓋建築物的植物，被拋到了立體停車場之外。

「……從這裡到地面，有幾公尺？」

我全身冒起雞皮疙瘩，感覺血液都要凍結了。

即便是夏露，在這種沒採取護身倒法的狀態下高高摔落地面——

「夏凪！快追上去！」

我口中冒出這句模稜兩可的指示。究竟是要夏凪去追齋川還是夏露，腦中根本沒做好判斷。我只是將救助同伴這種、極其單純又無比重要的委託，交給那位名偵探罷了。至於我自己——

「席德……！」

沒等夏凪回答，我就緊抓著麥格農，獨自朝席德奔去。託剛才夏露的福，礙事的荊棘都被清光了。

「只剩兩隻了嗎？」

從席德背後伸出的幾條《觸手》，又朝我襲來。

活用至今為止的經驗，努力尋求能製造致命傷的攻擊機會，並將子彈灌入敵人的咽喉。這就是我現在唯一該做的事。

絲毫感覺不到疼痛。這點小傷，跟失去珍視的人相比根本不算什麼痛苦。於是我牢牢緊盯席德，右手拿著那把漆黑的槍——

「對了，這就是生存本能提高的感覺。」

當我聽到敵人這句說話聲時，自己已經躺在冰冷的水泥地上了。不，不知道是地板冰冷，還是我的身體正在變冷。看來剛才是受到敵人的《觸手》正面衝撞，才導致目前身體無法動彈。恐怕是被打到要害了吧，或者出血過多才是主因。

「——都無所謂了，這些事。」

首先必須要站起來才能繼續。

我一定要再發動衝刺，非得要破壞那個《原初之種》不可。為了達此目的，現在只能拚命驅使這個如鉛塊般鈍重的身體。

「——快動啊。」

其實我很明白這一點。

但就算心裡明白——身體卻早已不聽使喚了。或者該說，我已經連焦急的情緒都無法湧現，因為我的意識正逐漸開始模糊。

我的故事到這裡結束了。

倘若無法打倒席德、殲滅《SPES》，我就不可能實現讓心愛搭檔復活的未來。但這種顛覆現實的力量，在我體內已蕩然無存。

「——到此為止了嗎？」

我領悟到自己即將死去，**並再度站起身**。

看見我的模樣，席德的表情首度變得扭曲。

究竟為什麼還能再站起來，這個答案就連我自身都不清楚。是因為之前吞食《種》才獲得驚人的體能與恢復力嗎？或者單純只是死到臨頭而爆發了大量的腎上腺素。

又抑或是，沒錯。

「是因為希耶絲塔曾對我發過誓吧。」

從未在我面前哭泣的那傢伙，說了一定會再一次和我相見——是啊，她當時是哭著如此發誓的。因此，直到我真正能跟希耶絲塔重逢為止，我都不允許自己輕易死去。

「這才是我的生存本能。」

我以顫抖的手，將槍口對準敵人。

「不必擔心。」

就在這時，彷彿能包容一切的柔軟觸感從我的腰部擴散到整個後背。

不必回頭我也知道——那是夏凪。

夏凪渚，從背後緊緊抱住我。

「君塚還有其他該做的事吧？所以現在**請稍微睡一下**。」

溫柔的話語，簡直就像催眠般慢慢溶入我的大腦。對此我本來想說些什麼，但眼皮卻違反我的意志變得越來越重了。

「夏、凪……」

就這樣我當場倒了下去，直到要沉睡的前一秒鐘——我聽見那位紅色眼眸燃起熊熊火焰的少女，正對巨惡發出如此宣言。

「世界之敵，要由名偵探打倒。」

◇代理偵探——夏凪渚

「這個人格也能運用我的《種》嗎？」

位於稍遠處的席德，用冰冷的目光對我蔑視道。看來，他並沒有錯過我剛才使用海拉《言靈》之力的場面。

「原來你也可以區分我是哪個人格喔。」

是因為我這個身軀，是他精心培養的品種嗎？這麼一來，身體混入了多餘的不良品種，搞不好會讓他大為反感……哈哈。不過現在不必管那個了，反正我已經挑起跟這名男子的戰火。我最後一次注視了君塚的睡臉一眼，接著就背對他當場站起身。

「你把小唯帶去哪了？」

「為了變成正式容器需要準備。」

席德並沒有正面回答我的質問。不過這個答案，聽起來像是小唯還確實活在某個地方。如果要成為席德的容器，肉體應該不可能死亡才對——既然如此，小唯就還有救。

「妳也打算妨礙我嗎？」

看我手握滑膛槍，席德淡然地問道。

「我知道妳的肉體內還沉睡著另外兩個人格，妳甚至不想把她們叫出來就要和我戰鬥？」

他指的是海拉跟希耶絲塔。這兩人，才是原本席德最指望的容器候補人選。只不過，在希耶絲塔的策略下，那兩人的意識都集中到我這個身體裡——結果就導致席德同時失去兩個容器人選。

假使對方想強行奪走已經有海拉跟希耶絲塔這兩個強力自我意識寄宿的身體，那位於外側的**我這個容器**很可能就會損壞。這也是席德放棄用這個身體當容器的理由。正因如此——

「沒錯，由我來戰鬥。畢竟，假使我在這裡切換成海拉的意識……你又會想要以這個肉體充當容器吧？」

是的，就是因為有海拉跟希耶絲塔這兩個強力的意識在我體內沉眠，才能防止席德的意識入侵。但如果我把人格切換成海拉，我自己就沒法擔當防禦的角色。所以，我最後只像這樣**從外部**來守護這個身體了。

「妳的意思是，就算戰鬥上局勢不利，有陷入死亡的風險，妳也絕對不成為我的容器，是這樣嗎？」

正是，唯獨讓席德得到容器這點是絕不允許的。假使被他克服了目前唯一確定的弱點——太陽，之後要打倒他的機率只會比現在更加絕望。所以，我才要在此，保護這個身體不被席德奪走——而且。

「你好像搞錯一件事了。」

我刻意對他露出微笑。

假使換成那位名偵探，她一定也會在這時笑出聲吧。

「我並不打算變成容器，也一點也不想去死。」

我隨即用滑膛槍對準席德扣下扳機。該說是果不其然嗎，在子彈飛到席德本體前就被《觸手》擋下了。不過——這正是我的目的。

「**這麼一來你的觸手就再也無法攻擊我**。」

這是希耶絲塔過去使用過的、含有自身血液的紅色子彈——只要被這種子彈打中，就無法反抗血液的主人。也就是說……席德之後就無法攻擊我……或說我體內的心臟（希耶絲塔）了。

「原來如此，在敗給我之後，那傢伙拿到了這樣的東西嗎？」

席德暫時放下從背後伸出的《觸手》。

「不過真要說起來，那玩意的機制，是為了預防同種族之間的爭鬥，我才透過轉基因設計出來的。要說對策這裡有的是。」

席德說完後，再度**猛烈朝我頭頂上方**伸出《觸手》。

「……唔！」

攻擊瞄準的是天花板，大型螢光燈朝我這邊墜落。我雖然勉強避開了，但腿還是被破裂的玻璃碎片刺中。

「……不是對準我，而是以其他物體為目標嗎？」

這麼一來就可間接展開攻擊——席德的目的在於此。

「我本來不想消耗多餘的能源，不過現在，既然已經拿到新的容器了，為了負起生父的責任，我還是先把不良品種拔除後再回去吧。」

席德淡然地這麼放話道，並從背後伸出合計四隻《觸手》——那些傢伙好像有自己的意志般，不停激烈扭動著，還朝我周圍的天花板及牆壁猛烈衝撞。

「唔，你儘管試好了。」

我刻意擺出強悍的態度這麼說道，並一邊閃避接連掉落的螢光燈與柱子碎片。託了這幾年間海拉一直使用這個身體的福，或者說她現在根本就和我並肩作戰吧，我才能做出常人不可能的動作持續閃躲敵方的攻擊。

「這一槍是幫夏露回敬你的。」

在沙塵瀰漫中，我趁攻擊的空檔發射子彈。子彈擊中敵人肩膀，傷口噴出了跟人類不同的綠色體液……不過敵人依舊面不改色，以不自然的角度扭曲著腦袋。

「想替同類報仇嗎？」

「夏露才不會因為那點小事死去。」

我這麼答道，並倚靠柱子調整呼吸。

「不過，說起報仇。」

這時，我把下一發子彈裝入這把改造得比較容易裝彈的滑膛槍。

「也要讓你嘗嘗，愛莉西亞遭受過的痛苦。」

我重新壓低重心，衝向敵人身邊。

「也就是說又是情感的因素。」

「……好痛……！」

等回過神，才發現自己腳邊生出了茂密的**荊棘**，荊棘的刺鑽入我的腿裡。當我的動作像這樣被封鎖時，敵方的《觸手》趁隙把附近被遺棄的車輛舉起來，對準我用力一扔。

「啊啊啊啊啊啊啊！」

我朝腳邊的植物開火，當解除束縛後——

「**快動啊，我的腳！**」

如此透過《言靈》對我自身下命令，才勉強讓滿是鮮血的雙腿重新動起來。就在千鈞一髮之際，我躲過了巨大的鐵塊。

然而，爆炸聲隨即打在我的鼓膜上。那輛撞上牆壁的車嚴重損毀，汽油洩漏被火花引燃。這棟被茂密植物覆蓋的立體停車場，瞬間陷入火海。

「……咕，沒關係了。」

我擦掉額上的汗水和鮮血，自己對自己這麼說道，接著再度裝填子彈。這已經是我手中的最後一枚了。

該怎樣才能打贏那傢伙？至此為止，我都是憑藉內心洶湧的激情充當武器，而君塚過去也是一直仰賴我的說服能力……然而這回的敵人，根本就沒有任何條件可談，甚至連情感這樣的概念都沒有。對這樣的對手，我究竟該怎麼做才好？

「我再問最後一次。」

恰好就在這時，席德簡直就像看穿我的想法一樣，在被火舌包圍的這座戰場上，他以冰冷的聲音問道。

「為什麼你們人類這麼拘泥感情？有時候，比起生物最根源的慾望——也就是自我的生存本能，你們卻寧願優先基於感情做出選擇？」

他說話時眼睛連眨也不眨一下。這麼問並非單純為了滿足他的求知欲，恐怕也是席德自從墜落在這顆行星後，內心始終抱持的疑惑吧，所以才會對身為人類的我拋了出來。

「——你到現在都沒發現嗎？」

明明有很多理解的機會啊。

我咬著下唇，在熊熊烈火中對席德大聲喊道。

「愛莉西亞不顧自身的危險，也要守護我跟希耶絲塔——這叫友情。海拉時常想親近你，不論何時都為你盡心盡力——這叫仰慕之情。小唯思念她的父母，她的父母也始終為這位獨生女設想——這叫親情。夏露繼承已死的希耶絲塔遺志，獨自一人堅持完成使命——這叫師徒之情。亞伯特先生為了拯救妹妹，賭上了自己人生的一切——這叫手足之情。此外，希耶絲塔把一切託付給君塚、給我，以及同伴們後才死去——這叫為了達成目標的熱情。我所說的全部——都是人類的情感。人類之所以為人類，就是因為擁有這些情感！」

這是我現在竭盡思緒，所能提出最完整的答案了。

「是嗎，雖然我還是毫無半點共感，不過就像人類也聽不懂蟲鳴代表什麼意義一樣吧。」

結果席德在這凶猛的大火中，依然面不改色地這麼告知道。

「那麼，**轉基因已經完成了**，這麼一來我就可以再度攻擊妳。」

席德在剛剛的戰鬥過程中，趁機改造自己的基因……因此如今敵人的《觸手》可再度直指我。而且現在我的背後，還有君塚倒在地上沉睡，所以我絕不能輕言逃跑。

「……唔。」

在我剛才那段回答裡，只有一個人沒對席德提到過。

那就是身為我搭檔、助手的那個男生——君塚君彥。

他比誰都更珍惜希耶絲塔。為了讓希耶絲塔重回人世，他寧可踏入人類不敢擅闖的禁忌領域——至於這種感情究竟該以什麼為名，不是我能在此置喙的。搞不好，相應那種情感的詞彙，根本不存在於這個世界也說不定。

既然如此，這個答案就該由君塚在未來自己尋找。即便得吞下禁果，為此和世界為敵，甚至陷入跟《調律者》戰鬥的險境——君塚君彥還是要挽回希耶絲塔。他總有一天絕對會成功的，我敢如此斷言。畢竟，現在的我，**終於察覺到通往那個未來的路線了**。

『這樣真的好嗎？』

頓時，有個聲音彷彿在我的腦海中響起。

那是兩天前，在英國最高的鐘塔上，那位可以看穿未來的少女向我提出的疑問。

她讓君塚先離開，並趁我們獨處時才對我表示，假使顛覆已經決定好的命運，或是犯下讓死者復活的禁忌，就會有相對應的**扭曲**產生。

就好比同時間世界上只會有一人具備《巫女》的資質般，《名偵探》在這世界上也只可能存在一位。因此，將來如果希耶絲塔復活的未來實現了，屆時我就會——

「很好啊，這樣的結果。」

我當時沒有立即回答的問題，現在可以這麼回覆了。

「畢竟，沒錯吧？」

我被賦予的職務。

以及此時此刻，我該完成的使命。

「——代理偵探。」

從一年前，就已經這麼決定好了。

「……………唔！」

霎時，席德的《觸手》貫穿了我的腹部。

「………………咕，啊……」

前所未有的劇痛襲來，讓我瞬間意識模糊。《觸手》抽出後，深紅色的血發出「咕咚咕咚」的聲響滴落地面。這個傷勢應該是沒救了吧——但即便如此。

「**快跑啊，我的腳！**」

我再度透過《言靈》的力量，自己對自己強制發出命令。

快跑，快跑啊。

跟疼痛什麼的無關，除了前進以外忘卻其他事吧。

「光憑我，或許無法與你為敵！」

過去一直躺在病床上的我，甚至連全力跑完一百公尺的體力都沒有。但如今，我有這雙可以一直奔跑的腿，也找到了不得不繼續奔跑的理由。正因為這樣，我的雙腿永遠也不會停息。

「不過，總有一天打倒你的存在將會現身！」

我面向前方，絞盡最後的力氣，並如此對世界之敵發出宣言。緊接著，我在火焰和黑煙的掩護下，抓著不是滑膛槍的**另一項武器**，朝敵人逼近。

「例如那位日本的偶像可能會用歌聲感動你，那位金髮特務可能終究以武力壓倒你！」

這是我昨天要離開《SPES》據點之前，在實驗設施裡發現的。那，就是我的另一位搭檔曾用過的愛刀之一。我緊握著刀柄，同時祈求對方賜給我力量。

「又或者，一個穿外套的呆瓜男生，會試圖用笨拙的言語說服你，甚至可能是那位白髮的名偵探，會用意想不到的妙計打倒你也說不定！」

距離敵人剩下兩公尺，我就這樣穿過黑煙——在海拉的力量協助下，那把鮮紅的軍刀斬向了敵人的頸項。

「我永遠也看不見那樣的未來了——但只有一件事我可以保證！你君臨這顆星球、戰勝人類的未來永遠也不會成真！」

就這樣，我最後這一戰的結局是——

「……還差一點、嗎？」

鮮紅的刀刃，只差幾公分就能完全砍斷敵人的腦袋，但卻被同樣化為劍刃的《觸手》阻擋住了——緊接著。

「連妳也加入了嗎，海拉。」

在逐漸變模糊的意識中，我的聽覺捕捉到席德似乎在這麼輕聲說著。

「礙事的傢伙來了。」

他話才剛說完，遠處就有直升機的噪音傳來。想必是援軍吧——至於席德這邊，大概是確保了獲得容器的最重要目的，一眨眼就消失離去了。

「……到此為止了、嗎？」

看來利用《言靈》欺騙大腦也是有極限的。我雙腿一個踉蹌，忍不住當場崩跌在地上。

「君、塚……」

在熊熊燃燒的火焰中，我匍匐爬向倒地的君塚身邊。

氧氣變稀薄了，失血也太過嚴重。這樣不要說保持意識，就算繼續呼吸都很困難。但即便如此，我的手……我的指尖，依然努力伸向他的所在之處。

「謝、謝……」

之後的話無法順利說出口了。

不過在最後一刻，始終夢想自己能成為一號人物的我，終於稍微獲得滿足地陷入沉眠。

我的名字是渚。

代理偵探——夏凪渚。

繼承偵探使命就是我的遺志，而這個思念也會移交給下一位英勇戰鬥的人。

【終章】

我睜開眼，純白的天花板映入眼簾。
藥品的氣味，疼痛的身體。我立刻明白這裡是醫院。
「你醒了嗎？」
有個低沉的女性說話聲，從離病床不遠處傳來。
我抬頭看過去，原來是那位熟悉的紅髮女刑警——加瀨風靡，正在用小刀削水果。
「蘋果，要吃嗎？」
「……真不愧是暗殺者，刃器的使用技巧天下一絕。」
我看著那薄到誇張的完美蘋果皮，不禁這麼喃喃說道。
「所以說，我昏睡了多久？」
從窗簾的另一側沒有陽光照進來，我猜距離當時至少過了半天吧。
「嗯，差不多四十個小時。」

風靡小姐看了一眼手錶答道。看來，我比自己想像中偷懶更久。
「是說，你還是比過去那位名偵探起得早。」
然而接著她卻安撫我「繼續躺著吧」。
「……對了，風靡小姐，妳為什麼會出現在這？」
我這麼問道，她則剛要拿出菸……結果最後還是收回盒子。在病房吸菸畢竟讓她感到不妥吧，或者她這麼做的理由是——
「有三件事得要通知你。」
風靡小姐把視線望向盯著天花板的我，說出她來此的目的。
「首先第一點——夏洛特·有坂·安德森如今意識不清，住進了加護病房。」
在那場廢墟的決戰，我親眼目睹席德用《觸手》將夏洛特從立體停車場的三樓甩下去。
她當時恐怕是因為失去意識，才無法採取護身倒法而直接撞擊地面吧。光是能留下一條小命或許已經算奇蹟了。
「她目前的情況呢？」
「天曉得，我又不是醫生。」
風靡小姐說了句我似曾聽過的臺詞。
「剩下的就只能看那傢伙的意志力了。」

她沒有具體點出所謂的意志力是指什麼，不過就如今夏洛特內心最大的期望考量，這點也不需要多問。

「第二點——齋川唯現在，應該是被席德囚禁了。」

在跟席德決戰途中，齋川突然被襲向建築物的荊棘吞沒，在我面前直接消失。

「齋川沒事嗎？她現在，人在哪……」

席德的目的，是以齋川唯為自己的容器，也就是他並不打算殺死齋川。但即便如此，假使齋川的肉體已被席德霸占……

「我也正使用各種手段搜索。不過，目前並沒有偵測到席德採取任何醒目的行動。」

「……反過來說，也就是無法保證齋川平安無事，對吧。」

既然這樣，果然還是得盡快研擬救出齋川的計畫才行。趁事情還沒到不可挽回的地步之前。

「那麼，風靡小姐。」

我從病床坐起身，對她問道。

「夏凪她現在，人呢？」

夏洛特跟齋川的現況都提過了，只剩下夏凪渚一人。

那個代替我，獨自向席德挑戰的她——

「我之前搞錯了。那傢伙，的確是偵探。」

對我的質問，風靡小姐只是喃喃冒出這番話。

「為了盡一己的職責，不論怎麼犧牲都不在乎。從過去的《名偵探》繼承了這項**自我犧牲**精神的那傢伙，的確是名副其實的——」

下一瞬間，我回神發現紅髮女刑警的臉近在我眼前。

「你揍我又有什麼用？」

原來是我在無意識中掀開了被子揪住她。

我當然曉得。

這麼做完全無濟於事，不必任何人提醒我也很清楚。

但即便如此，我還是不想聽到任何人說出這**決定性的一句話**。

「你的拳頭，還是對準你應該要打的敵人吧。」

風靡小姐溫柔地把揪住她領口的手推開，接著什麼也沒說便離開病房。

被拋下的我，只能獨自呆立在原地。

沒錯，其實我早就知道真相了。

只是，我害怕去承認那個現實。

「夏凪她——」

偵探已經，死了。

【Re: boot】

那之後又過了三天。

我的傷勢，不知為何還是如往常痊癒得異常迅速，因此很快就得到出院的許可。

話雖如此，只有左腿的情況還是怪怪的，沒法隨便到外頭走動。在這種處境下回到公寓的我，也沒什麼事可做，只能成天躺在從未收起來的被窩裡，漫不經心地對著打開的電視。學校現在應該在上暑期輔導吧，但我根本沒有半點參加的慾望。

「——這種情況，又來了嗎？」

時隔一年。一年前我失去希耶絲塔後，也過著這般自甘墮落的日子。

之後就這樣過了一週，或是一個月，我復學了，再度沉浸在溫吞安逸的日常生活中。

但這回我連那種溫吞安逸都感受不到了，只覺得自己浸泡在凍僵的冰水裡。從剛才起電視就一直播著類似外國連續劇的節目，但我卻完全沒看進去。這麼說來，外國連續劇到底是禮拜幾的幾點鐘播出啊？

因為窗簾一直沒拉開，我完全失去了對時間的感覺。自從知道那些事實後，我自己覺得只過了三天，但實際上過了多久我也不清楚。自從好不容易回到家，僅迷迷糊糊短暫闔眼三次罷了。

「——手機。」

我試著用擱在枕邊的手機確認時間，但運氣不好這時候恰巧沒電了。這幾天，關於夏露跟齋川的事倘若有什麼進展，風靡小姐應該會主動聯絡我才對，結果我完全沒收到訊息。

還有一點，為了尋找齋川被帶去的地方，我試著跟某人取得聯繫——結果關於這件事也沒有得到好消息。

也就是說，我完全失敗了。

讓夏露陷入生死交關的危機，無法從敵人魔掌下保護好齋川，此外還打破了跟海拉約定好、那個絕不讓夏凪哭泣的約定，我……

「肚子好餓。」

像這種時候肚子也會咕嚕叫，真是人體的一大缺陷，我一邊這麼想一邊緩慢爬起身。對喔，自從回公寓以後，除了喝水以外我好像沒吃任何東西。

打開冰箱，發現裡頭空無一物。但即便如此，我現在也沒有出門的精神跟體力。取而代之地，我為了確認有沒有外賣的廣告傳單，打開設置於玄關內側的信箱。

該說是一如往常嗎，信箱裡有幾張我遲繳公共事業費用的通知。

此外果然有我想要的披薩外送廣告單。

最後——是一封未署名收件人的信。

寄件人也不明。

雖然我完全沒印象，但既然是投遞到我的信箱，應該就是給我的不會錯吧。

不知為何，比起支付水電瓦斯費，或是打電話訂披薩，總覺得現在先讀這封信比較要緊。於是我打開信封……裡面放了兩張Ａ５大小的信紙。

「——這個是。」

這封信，內文是以「前略，給君塚」開頭的。

當你讀這封信的時候，我已經不在君塚身邊了吧。

——什麼嘛，哈哈，真沒想到我會寫下這種電影裡才會有的臺詞。事實上，我只是有一點小預感……或者該說覺悟吧。我並不是要模仿希耶絲塔留給君塚的信，但我現在的確是在倫敦那間房子裡，看著君塚的睡臉寫的。不過，這麼做還是需要一點勇氣，老實說我在來這裡之前喝了些酒……果然還是被你識破了吧。

而且這封信，我本來是預定交給某位空姐，希望她在我發生意外時代為轉交君塚，不過她會好好完成我的請託嗎？啊，是說既然你現在已經在讀了，就代表事情進行得很順利吧。很好很好。

事情就是這樣，因為我之前都沒寫過信，一時之間不知該從何下筆，那麼首先還是來個偵探本分的推理吧。

——此時此刻，君塚一定餓到發慌了！

如何？猜中了吧？

根據我神準的推理，突然跟我分別的君塚變得非常沮喪，連日來把自己關在公寓裡，但終於忍不住想吃東西了……正當你拖著沉重的腳步打算外出時，察覺信箱裡有這封信，過程就類似這樣吧。嗯，我也覺得自己的預測真是太精準了。咦？你說你沒有很沮喪？

氣死人了！看我加倍殺死你！

……開玩笑的，哈哈。但老實說我還是有點不安。

你想想，在君塚眼裡，果然只有希耶絲塔的存在吧。因此不論我出了什麼事，君塚其實都不至於意志消沉到那種地步。嗯，雖說我已經無法確認真正的情況了……但即便如此，還是希望你為我掉一、兩滴眼淚吧。

……啊──不對，總覺得當那種女生會帶給你太大的壓力，所以我收回前面的話。

只要君塚有精神就好了！嗯，那麼一來就萬事ＯＫ。

那麼，接下來要進入正題囉。

首先，我要拜託君塚。

在你讀這封信的時候，假使席德還沒被打倒──我希望你，一定要在將來某一天親手解決他。老實說我也準備了祕策……雖說並沒有必勝的把握啦。但總之就算我不在了，你應該還有其他許多可信賴的同伴，務必拜託囉！

接著，是謝罪。

雖說已經過了很久了，但還記得我們之間的約定嗎？我說過，絕不會拋下你自己一個人擅自死去。

然而很抱歉，那個承諾，我無法遵守了……你會生氣嗎？生氣的話最好……什麼嘛，哈哈。

最後，是感謝的話。

謝謝你幫我這麼多忙。

一年前在倫敦，你對失去記憶的我那麼溫柔，謝謝。還要謝謝你在我的無名指套上戒指。當我被敵人擄去根據地時，你也趕來救我，真是非常感謝。

除此之外，還有其他許多事。幫我尋找這顆心臟的原本主人，告訴我只要活出自己的人生就行了，以及在郵輪從敵人的魔掌下救了我，赦免我過去的罪孽，夜晚在學校屋頂上激勵我，還說要一直當我的搭檔，直到今天為止都陪伴在我身邊——

謝謝。

我從君塚那得到了許多，心想能不能稍微回報你一些呢？但這麼做一定遠遠不夠吧。因此，我果然還是希望能在你身邊待更久一點……不，這可不是什麼告白喔，畢竟我對君塚並沒有什麼特別的想法。

不過，好吧，雖然我不清楚君塚對我有什麼觀感，但我並不討厭君塚就是了。我是不可能討厭你的。所以，假使我們就此分別，我雖然會有些寂寞——然而我身為偵探，還是得完成最後的工作。

所以屆時，希望你能稍微誇獎我一下。

信到此結束。

「……開什麼玩笑啊。」

全都搞錯了。

是啊，夏凪所說的，根本完全錯誤。

妳說妳走了我不會意志消沉？

自己看看，我這三天連動都動不了。

沒有吃飯的力氣，也懶得洗澡，等回過神才發現下巴鬍子好長了。就連現在也一點動力都沒有，只能像這樣癱坐在地板上讀信。為什麼妳無法體會這一點？

一個月前——本來沉浸於溫吞安逸的我，被妳硬拉出來。妳緊抱住我，並斥責假裝無視希耶絲塔遺志的我，還代替我為此哭泣。在那個漆黑的夜裡，妳對我發誓不會拋下我單獨死去。在學校屋頂，妳則說願意當我的朋友。在此之前，妳一直陪伴在我身邊。我是這麼地——

「是因為，沒有傳達給她嗎？」

那些感謝的話語，我並沒有好好傳達給夏凪。

明明夏凪有時會害羞，有時甚至會生氣，卻依然以笨拙的方式努力將心意傳達給我。

但我卻沒有同樣認真對她表達過什麼。

「又是一模一樣的失敗嗎？」

一年前，明明也是像這樣，什麼都沒跟希耶絲塔說清楚就迎來死別。

「我真是個大笨蛋。」

過了一年，我又發出相同的自嘲。對自身的愚蠢、丟臉，不論如何感到懊悔，都嫌太遲了。偵探已經——

「……！」

我忍不住用力揉皺手中的信紙。

但就在這時，我發現第二張信紙背面，還有一些字。

翻過來看，上頭寫的是「追記」兩字。

——有件事忘了說，你以為我是那種會隨便死翹翹的女生嗎？

「這是怎麼、回事？」

無法掌握這句話的真意，我不解地歪著腦袋——就在這時。

一陣輕柔的風，驀然襲來。

是什麼時候打開窗戶的呢？

我心裡這麼疑惑著，轉頭看風吹來的方向。

「這是我的《七種道具》之一，天底下沒有這把鑰匙開不了的鎖。」

本來應該只有我在的房間內，某位少女的聲音說道。

而且還是過去曾聽過的臺詞。

她未經許可就擅自闖入我的住處，還大剌剌地一邊看外國連續劇配披薩。

——這樣的她，如今又再度出現在我眼前。

銀白色的短髮，彷彿能吸走人靈魂的碧色眼眸。一襲色調優雅、感覺像是模仿軍裝設計的連身裙，露出些許猶如白雪般清澄的肌膚。

如此美麗，簡直就像天使轉世。假使用字典去查美女這個詞想必頁面會刊載著她的名字吧，而上網去搜索她的名字，相關圖片一定也會大量出現花鳥風月的照片。

到了這個時候，我所感興趣的就只有一點，那便是關於她的名字。

然而如今的我，已經知曉四年前未曾耳聞的那個芳名——也就是她的代號。

「喂，妳這是非法侵入民宅。」

「好啦好啦，我會隨便闖進去的也只有你家而已喔。」

說著過去曾開過的玩笑話，她一邊朝我走近。

「喂，助手。」

就這樣，白髮少女露出一億分的可愛微笑，對我輕輕伸出左手這麼說道。

「我們再一次，踏上拯救同伴的旅程吧。」

國家圖書館出版品預行編目資料

偵探已經，死了。/ 二語十作 . -- 1 版 . -- 臺北市：城邦文化事業股份有限公司尖端出版：英屬蓋曼群島商家庭傳媒股份有限公司城邦分公司發行，2022.02-
冊；　公分
譯自：探偵はもう、死んでいる。
ISBN 978-626-316-414-7（第 4 冊：平裝）

861.57　　　　110020493

浮文字
偵探已經，死了。4
（原名：探偵はもう、死んでいる。4）

著　者／二語十　繪　者／うみぼうず　譯　者／Kyo
執 行 長／陳君平　美術總監／沙雲佩　國際版權／黃令歡、梁名儀
榮譽發行人／黃鎮隆　美術編輯／陳聖義　文字校對／施亞蒨
協　理／洪琇菁　執行編輯／呂尚燁　內文排版／謝青秀
總 編 輯／呂尚燁　企劃宣傳／陳品萱

出　版／城邦文化事業股份有限公司 尖端出版
台北市中山區民生東路二段一四一號十樓
電話：（〇二）二五〇〇―七六〇〇
傳真：（〇二）二五〇〇―二六八三
E-mail: 7novels@mail2.spp.com.tw
發　行／英屬蓋曼群島商家庭傳媒股份有限公司城邦分公司　尖端出版
台北市中山區民生東路二段一四一號十樓
電話：（〇二）二五〇〇―七六〇〇（代表號）
傳真：（〇二）二五〇〇―一九七九
中彰投以北經銷／楨彥有限公司（含宜花東）
電話：（〇二）八九一九―三三六九
傳真：（〇二）八九一四―五五二四
雲嘉經銷／智豐圖書有限公司　嘉義公司
電話：（〇五）二三三―三八五二
傳真：（〇五）二三三―三八六三
南部經銷／智豐圖書有限公司　高雄公司
電話：（〇七）三七三―〇〇七九
傳真：（〇七）三七三―〇〇八七
香港經銷／一代匯集
香港九龍旺角塘尾道六十四號龍駒企業大廈十樓 B&D 室
電話：（八五二）二七八三―八一〇二
傳真：（八五二）二七八二―一五二九
新馬經銷／城邦（馬新）出版集團 Cite（M）Sdn. Bhd.
E-mail: cite@cite.com.my
法律顧問／王子文律師　元禾法律事務所
台北市羅斯福路三段三十七號十五樓
二〇二二年二月一版一刷
二〇二三年五月一版二刷

TANTEI HA MO, SHINDEIRU. Vol.4

■中文版■

郵購注意事項：
1.填妥劃撥單資料：帳號：50003021戶名：英屬蓋曼群島商家庭傳媒(股)公司城邦分公司。2.通信欄內註明訂購書名與冊數。3.劃撥金額低於500元，請加附掛號郵資50元。如劃撥日起 10～14日，仍未收到書時，請洽劃撥組。劃撥專線TEL：(03)312-4212 ・ FAX：(03)322-4621。E-mail：marketing@spp.com.tw

偵探已經，死了。

偵探已經，死了。